Ronso Kaigai
MYSTERY
279

殺人は自策で

Rex Stout
Plot It Yourself

レックス・スタウト
鬼頭玲子［訳］

論創社

Plot It Yourself

1959

by Rex Stout

目次

主要登場人物

フィリップ・ハーヴェイ……米国作家脚本家連盟(NAAD)の会員。作家
モーティマー・オシン……NAAD会員の劇作家。『一バレルの愛』の脚本家
エイミー・ウィン……NAAD会員の作家。『わたしの扉へのノック』の著者
ジェラルド・ナップ……米国書籍出版物協会(BPA)会員企業のナップ・アンド・ボーエン社の社長
ルーベン・インホフ……BPA会員企業。ヴィクトリー出版の役員
トーマス・デクスター……BPA会員企業。タイトル・ハウスの役員
エレン・スターデヴァント……『情熱の色』の作者
リチャード・エコルズ……『贈り物はすべて離さずに』の作者
マージョリー・リッピン……『聖か俗か』の作者
アリス・ポーター……『愛しかない』『幸運がドアを叩く』の作者。スターデヴァントを盗作で訴える。のちにエイミー・ウィンも訴える
サイモン・ジェイコブズ……『わたしのものはあなたのもの』の作者。エコルズを盗作で訴える
ジェーン・オグルヴィ……『天上ならぬ俗世界にて』の作者。リッピンを盗作で訴える
ケネス・レナート……『一ブッシェルの愛』の作者。オシンを盗作で訴える

ネロ・ウルフ……………………私立探偵。美食家で蘭の栽培にも傾倒している
アーチー・グッドウィン………ウルフの助手
フリッツ・ブレンナー…………ウルフのお抱えシェフ兼家政担当
セオドア・ホルストマン………ウルフの蘭栽培係
ソール・パンザー………………ウルフの手助けをする、腕利きのフリーランス探偵
フレッド・ダーキン……………ウルフの手助けをする、フリーランス探偵
オリー・キャザー………………ウルフの手助けをする、フリーランス探偵
ドル（セオドリンダ）・ボナー　……ウルフの手助けをする、女探偵
サリー・コルベット……………ウルフの手助けをする、女探偵
マルコ・ヴクチッチ……………ニューヨークの一流レストラン〈ラスターマン〉のオーナーシェフ。
　ウルフの幼なじみ
ロン・コーエン…………………『ガゼット』紙の記者。アーチーの友人
リリー・ローワン………………アーチーの友人
クレイマー………………………ニューヨーク市警察殺人課、警視
パーリー・ステビンズ…………クレイマーの部下。巡査部長

殺人は自策で

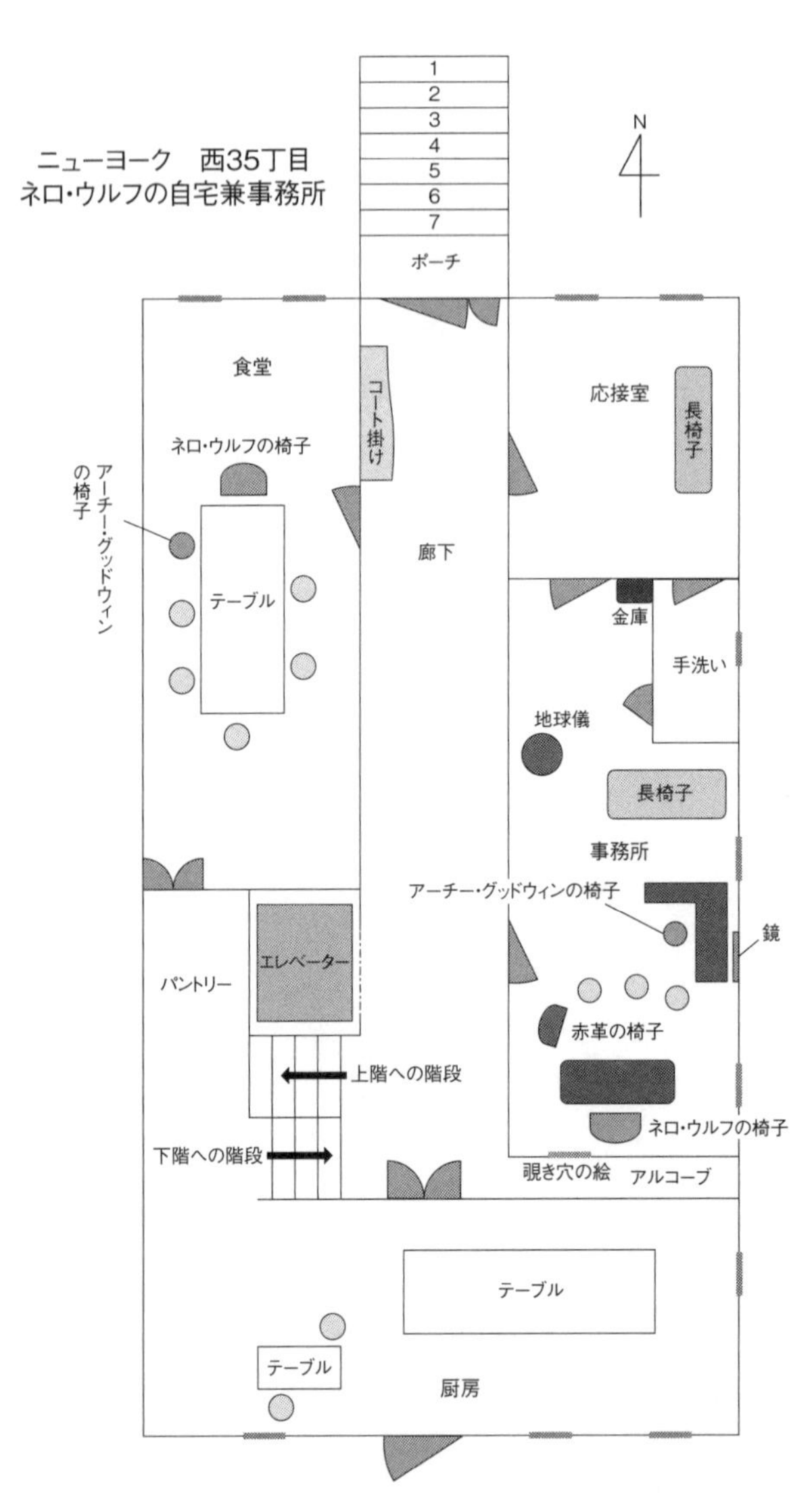

＊ネロ・ウルフの家の間取りは作品によって若干描写が異なる

第一章

ぼくはネロ・ウルフの読む本を四つの等級、A、B、C、Dに分けている。ウルフが六時に植物室からおりてきて、ビールのブザーを鳴らす前に読みかけの本をとりあげてページを開き、数年前に依頼人から感謝の印として贈られた長さ五インチ幅一インチの薄い金のしおりを挟んでいたら、その本はAランクだ。ブザーを鳴らす前に本は手にとっても、紙切れが挟んである場合は、Bランク。ブザーを鳴らしてから本をとりあげ、ページの端を折って目印にしていたら、Cランク。フリッツがビールを持ってくるまで待ち、注いでから本をとりあげ、ページを折っていたら、Dランク。数は記録していないが、ウルフが一年に読む二百冊ぐらいの本のうち、Aランクはせいぜい五、六冊だ。

五月の月曜日の午後六時、ぼくは自分の机でスプーナー・コーポレーション宛ての請求書に同封する書類、完了したばかりの仕事に関する費用の明細を確認していた。エレベーターがくんと停止し、廊下で足音がして、ウルフが事務所に入ってきた。机の奥にある特注特大の椅子に近づいて腰をおろし、フィリップ・ハーヴェイの『神々はなぜ笑う』をとりあげ、金のしおりを挟んでいたページを開き、一段落読んでから、本から目を離さずに机の端にあるボタンへと手を伸ばした。そのとき、電話が鳴った。

ぼくが出た。「ネロ・ウルフの自宅です。こちらはアーチー・グッドウィンです」六時までなら、

「ネロ・ウルフ探偵事務所」と応答するが、それ以降は、「自宅」と言うことにしている。

疲れのにじむ低音の声が言った。「ウルフさんをお願いしたい。フィリップ・ハーヴェイといいます」

「失礼ですが、ご用件を確認するように言われておりまして」

「本人に話す。わたしは小説家で、米国作家脚本家連盟を代表して行動している」

「『神々はなぜ笑う』という本の作者ですか?」

「そうだが」

「少しお待ちください」ぼくは送話口を手でふさいで、振り返った。「その本に欠点があるのなら、ちょうどいい機会ですよ。作者が話をしたいと言ってます」

ウルフは顔をあげた。「フィリップ・ハーヴェイか?」

「そうです」

「どんな用件だ?」

「直接話すと言ってます。たぶん、今どのページを読んでるのか訊きたいんじゃないですか」

ウルフはしおり代わりに指を挟んで本を閉じ、電話をとった。「はい。ハーヴェイさんですか?」

「ネロ・ウルフさん?」

「そうです」

「わたしの名前に聞き覚えがあるかもしれませんが」

「あります」

「相談があるので、面会の約束をしたい。わたしは、米国作家脚本家連盟及び米国書籍出版物協会による盗作問題合同調査委員会の委員長をしている。明日の午前中では？」

「ハーヴェイさん、わたしは盗作問題について無知なのですが」

「説明しますよ。解決してもらいたい問題があるのでね。委員たち六、七人で伺う。明日の午前中のご都合は？」

「わたしは弁護士ではなく、探偵です」

「わかっている。十時では？」

もちろん、その時間はだめだ。ウルフが蘭と過ごす九時から十一時までの朝の二時間に割りこむには、たとえAランクの本を書いていても、一介の作家では無理なのだ。結局、ハーヴェイは十一時十五分に決めた。ウルフに合わせて受話器を置いたぼくは、下調べをするべきかと尋ねた。ウルフは頷き、読書を再開した。ぼくは『ガゼット』紙のロン・コーエンに電話をして、米国作家脚本家連盟は一流だと教えてもらった。一度は名前を耳にしたことがある劇作家全員とほとんどの作家が加入している。非加入者は主に人間と手を組むべきか否かを決めかねているか、否と決めてしまった一部の独立独歩の輩だ。米国書籍出版物協会も一流で、大企業のすべてと中小企業の多くが加入する国内組織だった。ぼくはその情報をウルフに伝えたが、聞いていたかどうかはわからない。ウルフは本に夢中だった。

その日の真夜中頃、ぼくがモーティマー・オシン脚本の『一バレルの愛』という舞台に友人を連れていって帰宅したところ、ウルフはちょうど本を読みおえ、奥の大型地球儀そばの本棚に収めようとしていた。ぼくは金庫の扉を確認しながら、声をかけた。

「どうして机に置いておかないんですか？」

ウルフは唸った。「ハーヴェイ氏の自尊心に飴は必要ない。これほど優れた作家でなければ、鼻持ちならないだろう。なぜ阿るのだ?」

階段をあがって三階の自分の部屋に引きあげる前に、ぼくは『阿る』を辞書で調べてみた。ウルフがぼくを含めただれかに『阿る』日が来る前にぼくの寿命は尽きる、この解釈でいいはずだ。

第二章

翌火曜日の午前十一時二十分、ウルフは机の奥の椅子に座り、視線を左から右へ動かして戻し、フィリップ・ハーヴェイに狙いを定めた。「ハーヴェイさん、代表者はあなたですか?」

約束をとりつけたのはハーヴェイだし、委員長でもあるので、ぼくはウルフの机の端から近い赤革の椅子に座らせた。中年の小男で、丸顔、丸い背、丸い腹だ。他の五人は、ぼくが弧を描くように並べておいた黄色の椅子に座っている。ハーヴェイが告げた名前は、ぼくのノートに書きとめられた。ぼくから一番近い場所、茶に黄褐色の縦縞入りのスーツを着た金髪の大男がジェラルド・ナップ、ナップ・アンド・ボーエン社の社長だ。その隣、小柄で針金みたいな体に大きな耳ときれいになでつけた黒い髪、気短そうな男は、ヴィクトリー出版のルーベン・インホフ。ぼくと同じような年頃で、鼻をひくひく動かすのをやめたら目の保養になりそうな女性は、エイミー・ウィン。著書の『わたしの扉へのノック』は、書評を二つほど読んだことがあるが、ウルフの本棚にはなかった。白髪交じりで背が高く、骨張った長い顔の男は、タイトル・ハウスのトーマス・デクスター。弓形に並んだ椅子の反対側の端、厚い唇に落ちくぼんだ黒っぽい目で、左の足首を右膝の上に載せて前屈みに座っているのが、モーティマー・オシン。ぼくが昨日の夜に見た『一バレルの愛』の脚本家だ。八分間に三本のたばこに火をつけ、二本のマッチをすぐそばにある小テーブルの灰皿へ捨て損なって、敷物の上に落としていた。

　フィリップ・ハーヴェイが咳払いをした。「細かい情報もすべて必要になるだろう」と、切り出す。「が、まずは概略を説明します。盗作問題についてはなにも知らないという話でしたが、それがどういうものかくらいは知っているはずだ。本、あるいは舞台の脚本に対する盗用の訴えは、もちろん作家と出版社、脚本家と演出家が対応するのだが、個別の事案として対応するだけではすまない状況になってきた。そこで、米国作家脚本家連盟と米国書籍出版物協会がこの合同調査委員会を立ちあげた。わたしたち連盟会員は協会の尽力に感謝している、と言えなくもない。盗作の訴えで窮地に陥るのは作家で、出版社ではないのでね。すべての本の契約で、作者は出版社の免責に合意している、いかなる負債、損失、損害、費用――」

　ルーベン・インホフが遮った。「まあちょっと待ってください。合意したことと、実際の対応は、異なる話ですよ。現実には、概ね出版社は身を切って――」

「身を切る出版社ですって！」エイミー・ウィンが鼻をひくひくさせながら声をあげた。モーティマー・オシンも言いたいことがあったらしく、とうとう四人が同時にしゃべりだした。ぼくは発言を聞き分けてノートへ記録する気にはなれなかった。

　ウルフが声を張りあげた。「失礼！　あなたが焚きつけたのですよ、ハーヴェイさん。作家と出版社の利益が相反するものなら、なぜ合同調査委員会を?」

「ああ、必ずしも相反するわけではないのですよ」悪びれるふうもなく、ハーヴェイは笑みを浮かべていた。「奴隷と主人の利益が一致することは珍しくないのでね。今回の状況では一致している。話の流れで（アンパッサン）、作家が窮地に陥る点に触れただけです。米国書籍出版物協会の協力には、おおいに感謝してますよ。寛大さにびっくりするくらいだ」

「状況の概略を説明するはずでしたが」

「たしかに。この四年間に大きな盗作の訴えは五件あった」ハーヴェイはポケットから書類を出して広げ、一番上の紙にちらりと目をやった。「一九五五年二月、マクマレイ社はエレン・スターデヴァントの小説、『情熱の色』を出版した。四月の半ばには、小説部門ベストセラーの一位になった。六月、出版社はアリス・ポーターという女性から手紙を受けとった。『情熱の色』は、話の筋、登場人物、展開の鍵となる細かい点すべてを、場面設定や名前を変えただけで、自分の書いた未刊行の掌編、『愛しかない』から盗用しているとの主張だった。掌編の原稿二十四枚はタイプライターで作成し、助言の依頼を一筆添えて、一九五二年の十一月にエレン・スターデヴァントに送った。返事はなく原稿も戻ってこなかった、とね。エレン・スターデヴァントは、そんな掌編を見たことはないと断言した。八月のある日、ミセス・スターデヴァントがバーモント州にある夏の別荘に滞在していた際、地元の使用人が来て、机の引き出しからなにか出てきたと報告した。それは二十四枚のタイプ打ち原稿で、一番上の用紙には『愛しかない』アリス・ポーター作、と書かれていた。ずっと短いとはいえ、話の筋や登場人物、多くの細かい点がエレン・スターデヴァントの小説と同じだった。ビリングスという使用人の女性はアリス・ポーターに口説き落とされて、いや、見つけたら百ドルという申し出につられて、タイプ原稿を家捜ししたことを認めた。ところが、見つけてしまうと良心に痛みを覚えて、雇い主のところへ持っていったというわけだ。ミセス・スターデヴァントの話では、最初とっさに焼いてしまおうとしたが、ミセス・ビリングスが証言台で偽証するとはとても思えないからだめだと気づいて思い直し、ニューヨークの弁護士に電話をしたそうだ」

ハーヴェイは手のひらを返した。「だいたいそんなところだ。エレン・スターデヴァントは問題の原稿をそれまで一度も見たことがなかった、わたしはそう確信している。ミセス・スターデヴァントを知っている人は、みんな同意見のはずだ。ペテンだよ。事件が裁判沙汰になることはなかった。法廷の外で解決したのです。ミセス・スターデヴァントはアリス・ポーターに八万五千ドル支払った」

ウルフは唸った。「今となっては、わたしにできることはありませんな」

「それはわかっています。どうにかできると思っているわけではない。だが、これは幕開けにすぎなかった」ハーヴェイは二枚目の書類に視線を落とした。「一九五六年一月、タイトル・ハウスは『贈り物はすべて離さずに』というリチャード・エコルズの小説を出版した。説明してくれるかな、デクスターさん？　簡潔にお願いします」

トーマス・デクスターは片手で白髪交じりの髪をすいた。「できるだけ簡潔にしますよ」と口を開いた。「長い話ですから。小説の発刊日は一月十九日。一か月経たないうちに、一週間に五千冊出荷しました。四月の終わりには週に九千冊になりました。五月六日、弊社にサイモン・ジェイコブズなる人物から手紙が届きました。一九五四年二月に自作の中編小説、『わたしのものはあなたのもの』の原稿を著作権代理業者のノリス・アンド・ボーム社へ送った経緯が記されていました。ノリス・アンド・ボーム社は何年間もエコルズ先生の著作権管理をしてましてね。ジェイコブズはノリス・アンド・ボーム社から受けとった手紙の複写写真（フォトスタット）も同封していました。日付は一九五四年三月二十六日で、新規の依頼人の受付はできないと原稿を返却する旨の通知です。手紙には原稿の題、『わたしのものはあなたのもの』の記載があり、本物でした。ノリス・アンド・ボーム社の書類綴りに写しがあったんです。ただ、原稿についてなにか思い出せる人はいませんでした。二年以上経っていますし、勝手に送りつけられてくる原稿は山ほどあるので」

デクスターは一息入れた。「ジェイコブズの主張では、自分の中編小説の筋書きは、登場人物も含めて自分が考案した独自のもので、エコルズ先生の小説『贈り物はすべて離さずに』の構想と登場人物は明らかに盗用だと。自分の原稿——と当人は書いていました——は閲覧してもらっていっこうにかまわないし、希望があれば写しを一部進呈するとのことでした。ジェイコブズの推測では、ノリス・アンド・ボーム社のだれかがエコルズ先生に自分の小説の話をしたか、原稿を読ませたのだろうというのです。ノリス・アンド・ボーム社の社員全員とエコルズ先生も否定し、わたしどもタイトル・ハウスもその言い分を信じています。完全に、です。とはいえ、盗作の訴えはどう転ぶかわからないものです。一流作家が売れない作家から物語の題材を盗んだという話は一般人の心をなにかしら惹きつけるようで、陪審はその一般人で構成されていますから。問題は一年近く長引き、最終判断はエコルズ先生と弁護士に一任して、タイトル・ハウスはそれを支持することになりました。エコルズ先生側の決定は、裁判沙汰を避けることでした。ジェイコブズは請求権の放棄と引き換えに九万ドルの支払いを受けました。タイトル・ハウスに契約上の義務はありませんでしたが、支払額の四分の一、二万二千五百ドルを拠出しました」

「半額を負担するべきでしたね」ハーヴェイはけんか腰ではなく、淡々と事実を指摘する口調で言った。

ウルフが質問した。「ジェイコブズ氏の原稿の写しは入手しましたか?」

デクスターは頷いた。「もちろんです。訴えのとおりでした。筋や登場人物は、事実上同一です」

「ほほう。ですが、またしても手遅れのようですな、ハーヴェイさん」

「もう少しですよ」ハーヴェイは言った。「残りの話を聞いてしまうまで待ってください。次です。一九五六年十一月、ナーム・アンド・サン社はマージョリー・リッピンの長編小説、『聖か俗か』を出版した。前作までと同様、すばらしい売れゆきで、初版は四万部」ここで書類を確認する。「一九五七年三月二十一日、マージョリー・リッピンは心臓発作で亡くなった。四月九日、ナーム・アンド・サン社はジェーン・オグルヴィなる女性から手紙を受けとる。先方の主張は、『情熱の色』に対してアリス・ポーターが申したてた内容とほぼ同じ。一九五五年六月、『天上ならぬ俗世界にて』という二十ページの物語を、意見を求める手紙と一緒にマージョリー・リッピンに送った。返事も原稿の返却もなかった。『聖か俗か』の筋や登場人物は、自分の作品から盗用されている。ミセス・リッピンは故人で告発に対して反論できないし、ナーム・アンド・サン社が手紙を受けとったわずか五日後の四月十四日、遺産を管理する銀行員がジェーン・オグルヴィの説明どおりの原稿をミセス・リッピン宅の屋根裏にあったトランクから発見した。銀行員は公表を自分の義務だと考え、そのようにした。ミセス・リッピンは亡くなっているため、損害賠償請求に有効な異議申し立ては不可能だと思われたが、相続人の息子と娘はそこを理解せずに意地を通し、母親の名誉回復を求めた。二人は検死解剖のために遺体の発掘までさせたが、心臓発作による自然死だと確認された。最終的には昨年十月に裁判となり、陪審はジェーン・オグルヴィに十三万五千ドルの賠償金を認めた。その金は故人の遺産から支払われた。ナーム・アンド・サン社は金を負担するのは適切ではないと考えた」

「なぜ適切だと考えなければいけない？」ジェラルド・ナップが嚙みついた。

ハーヴェイはナップに笑顔を向けた。「連盟はご協力に感謝していますよ、ナップさん。わたしは記録を口にしているだけでね」

デクスターがナップに声をかけた。「いいじゃないですか。フィル・ハーヴェイが胃潰瘍なのは、みんなが知っている。だから、神々が笑うんです」

ハーヴェイは笑顔をナップ・アンド・ボーエン社からタイトル・ハウスへ向けなおした。「宣伝をありがとう、デクスターさん。すべての書店でお願いしますよ……場合によってはね」そして、ウルフに視線を戻した。「次のは小説じゃない。舞台です。モーティマー・オシン作、『一バレルの愛』。ご自分でどうぞ、オシンさん」

脚本家は灰皿でたばこを潰した。五本目か六本目――ぼくには数がわからなくなっていた。「まったくひどい話だよ、こいつは」オシンの声はテナーだった。「吐き気がするね。去年の二月二十五日にブロードウェイで初演、自分で言うのもなんだが大当たりをとった。ま、ハーヴェイさんと同じで、記録を口にしてるだけだ。五月の半ば頃、演出家のアル・フレンドがケネス・レナートってやつから手紙を受けとった。これまでの話を混ぜ合わせた感じだな。一九五六年の八月に『一ブッシェルの愛』って舞台の概要をこっちに送って、脚本の合作を依頼する手紙をつけたって内容でね。やつの要求は百万ドルだ、光栄だよ。フレンドは手紙をこっちに渡して、おれの弁護士が返事を出した。自分でもご承知でしょうがあんたは嘘つきだってね。ただ、今説明された三つの事件を弁護士は知ってたんで、こっちでも用心することにした。弁護士とおれは六十五丁目にある自宅マンションを一インチ刻みで徹底的に調べた。コネチカット州のシルバーマインにある田舎の別荘もだ。どっちの家も、なにか持ちこもうとしても厳しいように手を打った」

オシンはたばこに火をつけ、マッチを灰皿に捨てようとしてはずした。「骨折り損のくたびれもうけだったな。知ってるかもしれないが、脚本家には代理業者が必要だ。前まではジャック・サンドラーってやつを使ってたんだが、そりが合わなくてね。『一バレルの愛』開幕の一か月後に手を切って、他のところにしたんだ。七月のある週末、田舎にいたおれにサンドラーが電話をかけてきて、事務所でなにやら出てきたから見せたいとかで、コネチカット州のダンベリー近くの家から車で来るって言った。で、本当に来た。それが六ページのタイプ原稿で、三幕の劇のあらすじだった。作者はケネス・レナート、題は『一ブッシェルの愛』。サンドラーの話じゃ、秘書が古い書類綴りの整理をしていて見つけたらしい」

オシンはたばこを捨てた。「さっきも言ったが、吐き気がするよ。サンドラーは指示があればおれの目の前で原稿を焼くって言ったんだが、あの悪党を信用する気にはなれなかった。自分も秘書もこれまであらすじの原稿は一度も見たことがないし、だれかがこっそり書類綴りに入れたって内容の宣誓供述書に署名する用意があるってサンドラーは申し出たが、そのだれかがおれだったら、どうなる？　おれはサンドラーをよく知ってる弁護士のところに原稿を持っていって、二人と話をしてもらった。弁護士の見立てじゃ、サンドラーも秘書も原稿の持ちこみには関与してないだろうってことで、おれも賛成だ。ただ、原稿が見つかったことをレナートには言わないっていうサンドラーの話は鵜呑みにできないって意見で、こっちにもおれは賛成だった。実際、やつはばらしたんだよ。九月にレナートは損害賠償請求の訴訟を起こしたからな、あらすじの原稿について証拠が手に入るってわかってなけりゃ、やらなかっただろう。百万ドルだぞ。弁護士は反訴して、おれは探偵社に三か月間で六千ドル払って有利な証拠を手に入れようとしたんだが、無駄骨だった。和解しなけりゃならないだろうって、弁護士は考えてる」

「すでに踏み荒らされた領域を調べなおすのは気が進みません」ウルフは言った。「一点、省略されましたな。問題のあらすじはあなたの脚本と似ているのですか?」

「似てない。あれはおれの脚本そのものだ、台詞抜きのね」

ウルフはハーヴェイに目を向けた。「これで四件になります。五件とのことでしたが?」

ハーヴェイは頷いた。「最後は一番新しいが、登場人物の一人は最初の事件と同じでね。アリス・ポーター。エレン・スターデヴァントから八万五千ドルせしめた女です。もっと稼ごうと再登場した」

「ほほう」

「そういうこと。三か月前、ヴィクトリー出版は『わたしの扉へのノック』というエイミー・ウィンの小説を出版した。エイミー?」

エイミー・ウィンは鼻をひくひくさせた。「説明はあまりうまくないので……」言いさして、左手にいるインホフに顔を向けた。「ルーベン、お願いします」

インホフはエイミーの肩を軽くさすった。「問題なくうまいよ、エイミー」と宥めて、ウルフに目を向ける。「たしかに、今回は現在進行中の事案でね。弊社は二月四日にミス・ウィンの本を出版し、昨日六刷二万部を発注した。合計で十三万部になる。十日前、五月七日付の手紙がアリス・ポーターの署名入りで届いた。『わたしの扉へのノック』は三年前に自分が書いた未刊行の掌編、『幸運がドアを叩く』の盗作だという内容だった。一九五七年六月に感想と批評を求める手紙を添えてエイミー・ウィン宛てに送ったが、返事もなければ返却もされなかった。型どおりだ。もちろん、手紙はミス・ウィンに見せた。そのような原稿や手紙を受けとったことは絶対にないとの返事で、弊社も無条件で受け入れた。ミス・ウィンには弁護士も代理業者もいないとのことで、今後とるべき行動について弊社が相談を受けた。そこで、すぐに自宅、もしくは近親者宅など、保管場所となりうる住居にそんな原稿が隠されていないことを確認し、忍びこませようとする試みに対して可能な限りの備えをするように勧めた。弊社の弁護士はアリス・ポーターに主張を退ける短い手紙を書き、調査により一九五五年エレン・スターデヴァントに盗作の損害賠償請求をした当人だと突きとめた。そこで、わたしが米国作家脚本家連盟の事務局長に電話を入れて、ミス・ウィンを一か月前に設置されたばかりの盗作問題合同調査委員会へ加えるのが望ましいのではないかと申し入れ、翌日承認された。わたし自身はすでに委員となっていた。現在はこういう状況です。アリス・ポーターから次の連絡は来ていない」

ウルフの視線が動いた。「勧められたとおりの措置をとりましたか、ミス・ウィン?」

「もちろんです」鼻を動かさなければ、エイミーの顔は悪くない。「インホフさんが家を調べる手伝いに秘書を寄こしてくださって。見つかりませんでした……なにも」

「どちらにお住まいですか?」

「グリニッチヴィレッジに小さなマンションがあって……アーバー・ストリートです」

「どなたか同居されていますか?」

「いいえ」エイミーは少し顔を赤らめた。そうすると、かわいいと表現してもいいくらいだった。「結婚したことがありませんので」

「居住期間は?」

「一年と少し。昨年の三月に引っ越しました……十四か月ですね」

「その前はどちらに?」

「ペリー・ストリートです。アパートで若い女性二人と同居していました」

「どれくらいの期間ですか？」

「三年ほど」エイミーの鼻がひくついた。「それのどこが問題なのか、よくわかりませんが」

「問題があるかもしれません。アリス・ポーターが原稿を送ったと主張する一九五七年六月、あなたはそちらに住んでいた。原稿が出てくるのにもってこいの場所でしょう。あなたとインホフさんの秘書はそちらのアパートも捜索されましたか？」

「いえ」エイミーは目を見開いていた。「当然でした。大変！　わかりきったことだったのに！　すぐ調べます」

「ですが、未来に対して身を守ることはできません」ウルフは指を一本動かした。「一つ、提案があります。即刻、問題のアパートと今お住まいの家を信頼できる二人、可能ならば、あなたやヴィクトリー出版と無関係の男女二人に徹底的に捜索してもらうのです。あなたは立ち会ってはいけません。捜索をする人には、終了後には当該住宅に問題の原稿がなかったことを宣誓証言する覚悟を要するので、隅から隅まで徹底的に調べなくてはならないと説明してください。もちろん、発見されれば話は別ですが。捜索者の確保をどのように進めたらいいのかわからない場合は、インホフさんが手配してくれるでしょう。あるいは弁護士……あるいはわたしが。手配はできますか？」

エイミーはインホフを見やった。インホフが答えた。「たしかに、手を打つべきですな。自明の理だ。自分でもそこまで考えておくべきだった。そちらで男女二人組を用意できますか？」

「ご希望であれば。ミス・ウィンと密接な関係のある他の家屋も捜索させるべきです。著作権代理業者はいないのですね、ミス・ウィン？」

「はい」

「これまで使ったことがない？」

「ありません」エイミーはまた少し赤くなった。「『わたしの扉へのノック』はわたしの最初の小説で……出版された最初の小説なんです。それ以前は何編か小説が雑誌に掲載されただけで、引き受けてくれる代理業者もなくて……少なくとも、ちゃんとしたところは。大変なショックだったんです、ウルフさん……おわかりでしょうけど、最初の本がこれほど爆発的に売れて、わたしは天にも昇る心地だったんです。それなのに、いきなりこんな……こんなひどいことになって」

ウルフは頷いた。「おっしゃるとおりですな。車はお持ちですか？」

「はい。先月に購入しました」

「捜索の必要があります。他には？　テニスコートのロッカーを持ってはいませんか？」

「いいえ。そのようなものは一切ありません」

「自宅以外の場所で夜を過ごすことはよくありますか？　かなり頻繁に？」

この質問で顔の赤らみが広がって濃くなるんじゃないかと思ったが、エイミーはぼくより純粋な心の持ち主のようだった。首を振る。「めったにありません。あまり社交的なたちではないのです、ウルフさん。実際のところ、親友は一人もいないと思います。近しい親戚は両親だけですが、モンタナ州在住で、十年間里帰りをしておりません。わたしと密接な関係がある家屋ならどこでも捜索するべきだとのご意見でしたが、そんな場所はありません」

ウルフは頭の向きを変えた。「ハーヴェイさん。電話でお話ししたとおり、わたしは盗作についてなんの知識もありません。しかし、著作権侵害にかかわる事案なのではと見当をつけていました。今回の賠償請求は五件とも既発行ではない著作物に基づいていますから、著作権の保護対象とはならない（一九七八年以前の米国の連邦法による）。なぜ無視するだけではいけないのです？」

「無理だったからですよ」ハーヴェイが答えた。「そんなに単純な話ではないんだ。わたしは弁護士ではないので、法律用語での説明が必要なら連盟の顧問弁護士から説明を聞いてもらうことにはなるが、今回の場合には著作権はなくともたしか財産権といったものがあるそうだ。陪審がジェーン・オグルヴィに十三万五千ドルの賠償金を認めたのは、判事のいる法廷でのことだ。弁護士に電話で連絡をとりましょうか？」

「あとで結構。まずは、わたしを雇ってなにをさせたいのかを知る必要があります。最初の三件はもう決着してしまいましたし、四件目のオシンさんの事案もまもなくそうなるでしょう。ミス・ウィンのために調査をさせたいのですか？」

「そうではない。いや、そうでもあるが、そうでもないと答えるべきでしたね。この委員会が立ちあげられたのは六週間前、ミス・ウィンへの賠償請求の前だった。そして、三月の米国作家脚本家連盟の理事会で権限を委任されていた。なにが起こっているのか、わたしたちには火を見るよりも明らかに思われたのでね。エレン・スターデヴァントに対するアリス・ポーターのたかりが成功して逃げおおせたことが口火になったんです。リチャード・エコルズに対するサイモン・ジェイコブズの請求では、ポーターのやり口がある点を除いてそっくりそのまままねされた。自分の原稿の優先権の証明と、その原稿とエコルズ氏との接点の想定。その点を変えたのは、実際にジェイコブズが問題の著作権代理業者ノリス・アンド・ボーム社に掌編を送り、返却されていたからだ。二年前の出来事を利用しただけなんです。ジェイコブズの主張の根拠となったその原稿、タイトル・ハウスとエコルズ氏に見せた原稿はもちろん、一九五四年にノリス・アンド・ボーム社に送ったものじゃなかった。エコルズ氏の小説が出版されたあとで書かれて、ノリス・アンド・ボーム社へ送ったものと同じタイトル、『わたしのものはあなたのもの』をつけられたんだ」

ウルフは唸った。「明らかな点を一つ口に出してはいないようですが。わたしの見たところ、それが五つの事案すべてにおけるやり口だと、あなたは考えているようですな。つまり、逆の盗用です。訴えの裏付けとなる草稿は、本の出版、もしくは舞台の開幕後に成功を収めてから、作成された」

「そのとおり」ハーヴェイは認めた。「そういう手口だ。三番目のジェーン・オグルヴィは、まさしくそのやりかたを踏襲した。唯一ちがうのは、ちょっとついてたところだな。マージョリー・リッピンの自宅で原稿を発見させるためにどんな計画を練っていたにせよ、実行する必要はなかった。都合のいいことに、ミセス・リッピンが亡くなったからね。同じく、ケネス・レナートの場合も、唯一のちがいは原稿発見の経緯だ」

ハーヴェイは言葉を切って、手のひらで口を押さえた。音がしたが、げっぷと表現するには小さかった。「朝食のソーセージのせいだな」記録用にこう説明した。「控えておくべきだった。とにかく、最初の委員会が開かれたときは、今話したような状況だったわけです。米国作家脚本家連盟の理事会では、著名な作家から初秋に新刊の発売を予定しているが売れないことを心から願っているとの発言があった。だれも笑わなかった。第一回委員会では、ナップ・アンド・ボーエンの社長、ジェラルド・ナップさんは……なんと発言されましたかね、ナップさん?」

ナップは舌でちょっと唇を湿した。「当社にはまだ被害は出ていないが、ベストセラー一覧に三冊の小説がある。だから手紙を開封するのが怖い」

「まあ、こういう状況です」ハーヴェイはウルフに言った。「そして今回、アリス・ポーターが再登場した。なにか手を打たなければならない。やめさせなければならない。著者や出版社の弁護士一ダースぐらいに相談してみたが、ちょっとでも役に立ちそうな手を思いついたのは一人もいなかった。いや、一人例外がいたかな……あなたに話を持ちこむことを提案したんでね。やめさせられますか？」

ウルフは首を振った。「本気ではないのでしょうな、ハーヴェイさん」

「なにが本気ではないと？」

「今の質問ですよ。やめさせられないという答えが返ってくると思えば、わざわざ足を運ばなかったでしょう。やめさせられるとの答えであれば、はったりだと思うにちがいない。やはり、ここへは来なかったでしょう。今ご説明があった策略で著者から金を引き出す詐欺行為が二度と起こらないようにしろとの依頼であれば、間違いなくお引き受けできません」

「そんなことをしてもらえるとは思っていない」

「では、なにをしてもらえると思っているのです？」

「この状況に関して、あなたの請求書を支払う気になるなにかをしてくれると思ったのですよ。支払い義務だけが理由ではなく、あなたがそれを正当に稼ぎ、こちらでもその金の対価は手に入れたと感じるなにかをね」

ウルフは頷いた。「それならば結構。ちょうど読みおえた『神々はなぜ笑う』の著者らしい言いかたですな。あなたは話すよりも書くほうが得意だと考えていましたが、あえて必要となれば、なかなかお上手だ。今の条件でわたしを雇うことをお望みですか？」

ハーヴェイはジェラルド・ナップを見やり、デクスターに視線を移した。二人は顔を見合わせている。ルーベン・インホフがウルフに質問した。「この件についてどのような対処をとるつもりかと、依頼料の額は教えてもらえるのかな?」

「無理です」ウルフは答えた。

「やれやれ」モーティマー・オシンはたばこを潰した。「どっちみち、この人はなんの保証もできなかった、そうだろ?」

「わたしはさっきの条件で進めることに賛成だ」ジェラルド・ナップが言った。「契約はいつでも終了させられるとの了解つきであれば」

「本の契約の条項のようですね」ハーヴェイが言った。「それでよろしいですか、ウルフさん?」

「もちろんです」

「では賛成ですね、ナップさん?」

「賛成だ。ネロ・ウルフに会いにいくことを提案したのは当社の弁護士でしたしね」

「ミス・ウィン?」

「賛成です、他のかたが賛成なら。わたしのマンションを捜索させるというのは、いい考えでした。ペリー・ストリートのアパートもですけど」

「オシンさん?」

「結構だとも」

「デクスターさん?」

「自由に契約を終了できるとの了解つきならば、賛成です」

「インホフさん?」

インホフは小首をかしげた。「皆さんと歩調を合わせたいが、確認したいことが二点ある。ウルフさんはどのように対処する意向かは教えられないと言った。今ここで帽子からウサギを出すような芸当を期待できないのは当然としても、ウルフさん自身が言ったように、最初の三件はもう片がついていて、四件目もまもなくそうなる。ただ、ミス・ウィンは話がちがう。現在進行中です。賠償請求を突きつけられたばかりで、相手はこの騒ぎをはじめたアリス・ポーターだ。だから、ウルフさんはミス・ウィンの件に重点を置くべきだと思う。二つ目は、もしウルフさんがアリス・ポーターに集中して尻尾をつかまえ、請求を撤回させたら、ウルフさんへの報酬の一部を負担するのが公正かつ適切だとミス・ウィンは感じるのではないかな。そう思わないかい、エイミー?」

「それは……そうね」エイミーの鼻がひくひく動いた。「もちろんです」

「さらに」ハーヴェイが口を挟んだ。「ヴィクトリー出版も一部を支払うのが公正かつ適切じゃないかな。そうは思いませんか?」

「思いますね」インホフはハーヴェイに向かってにやりと笑った。「米国書籍出版物協会の負担分を拠出する。少し余分に出してもいい」今度はウルフに言う。「アリス・ポーターに集中するのはどうかな?」

「そうするかもしれません。考慮したうえでね」ウルフは委員長に矛先を向けた。「依頼人はだれなんです? この委員会ではありませんね」

「それはまあ……」ハーヴェイはジェラルド・ナップに目を向けた。ナップは笑みを浮かべて口を開いた。「ウルフさん。米国書籍出版物協会と米国作家脚本家連盟は、この委員会で負担する費用をすべて折半する取り決めだ。その二つの組織があなたの依頼人になる。両者の代理人として、合同調査委員会長であるハーヴェイさんに報告をお願いする。それで問題ないと思うが」

「結構です。労力と費用のかかる捜査となるかもしれません。必要経費として前金をお願いする必要があります。五千ドルでは?」

ナップはハーヴェイを見やった。ハーヴェイが答えた。「わかりました。その金額で」

「結構」ウルフは背筋を伸ばし、大きく息を吸って、吐き出した。さっさと腰をあげて少しは仕事をしなければならない、そんな暗い先行きを直視するには大量の酸素が必要だと言っているみたいだった。「当然ですが」ウルフは口を開いた。「すべての事件に関する記録、文書、もしくはその写しが一つ残らず必要になります。全部です。例えば、オシンさんが雇った探偵社の報告書も含みます。情報をすべて手に入れるまでは、なんの計画も立てられない。ただし、今いくつかの疑問に対する答えを入手できれば役に立つかもしれません。ハーヴェイさんにお訊きします。アリス・ポーター、サイモン・ジェイコブズ、ジェーン・オグルヴィ、ケネス・レナートの間、もしくはいずれか二名の間につながりを発見しようとの努力はされたのですか?」

ハーヴェイは頷いた。「もちろんだ。マージョリー・リッピンの相続人、息子と娘の代理を務める弁護士と、オシンさんの雇った探偵社がやってみた。なにも見つからなかった」

「賠償請求の根拠となった四つの原稿はどこにあるのですか? 写しではなく、原稿そのものです。手に入りますか?」

「二つは手元にある。アリス・ポーターの『愛しかない』と、サイモン・ジェイコブズの『わたしのものはあなたのもの』。ジェーン・オグルヴィの『天上ならぬ俗世界にて』の原稿は裁判の証拠物件で、オグルヴィの勝訴判決のあとで本人に返却された。写しは持っています……複写ではなく、写本だが。ケネス・レナートの『一ブッシェルの愛』という舞台の概要は、オシンさんの弁護士が持っている。で、写しをくれないんですよ。もちろん、こちらでは――」

モーティマー・オシンはマッチを擦るのを一時休止して、小声で言った。「おれにさえ、寄こさないんだ」

ハーヴェイが言葉を継いだ。「もちろん、こちらではエイミー・ウィンに対する請求の根拠、アリス・ポーターの『幸運がドアを叩く』については一切知らない。ミス・ウィンが住んでいたペリー・ストリートのアパートを探すと出てくるんじゃないかという気はするが。もしそうなったら、どんな手を？」

「見当もつきませんな」ウルフは顔をしかめた。「いい加減にしないか。あなたは骨組みを見せただけですし、わたしは魔法使いではない。それぞれの事案で、どんな手が打たれ、なにが見過ごされたのか、把握しなければならない。原稿の紙質やタイプはどのようなものだったか？　そこに異議申し立ての余地はなかったのか？　賠償金請求者の経歴や素性は？　ジェーン・オグルヴィは裁判で証言したのか、反対尋問は適切だったのか？　アリス・ポーターの原稿はどういった方法でエレン・スターデヴァントの机の引き出しに入りこんだのか？　ジェーン・オグルヴィの原稿はどういった方法でマージョリー・リッピンの屋根裏のトランクに入りこんだのか？　ケネス・レナートの舞台の概要はどういった方法でオシンさんの前代理業者の書類綴りに入りこんだのか？　これらの疑問に対し、確定的でないにせよ、なんらかの答えは見つかったのか？」

ウルフは両手を広げた。「それに疑問もある。すべての要求が詐欺だというそちらの想定についてはどうか？　鵜呑みにはできない。作業仮説として受け入れることはできますが、被害者と思われている人物の一人、もしくは複数が盗作をした嘘つきだという可能性を消し去ることはできません。『可能なとき、多くの作家はよきものを盗む』というのは間違いなく――」

「でたらめだ！」オシンがかっとなった。

ウルフの眉があがった。「引用ですよ、オシンさん。発言した、もしくは、書いたのはイギリスの詩人かつ舞台作家のバリー・コーンウォールで、一世紀以上前の話です。ロンドンのコヴェント・ガーデンにあるロイヤルオペラハウスで、ウィリアム・マクリーディとチャールズ・ケンブルにより演じられた悲劇、『ミランドラ』の作者ですね。たしかに誇張ではありますが、でたらめではありません。当時イギリスに作家脚本家連盟があったら、バリー・コーンウォールはその一員だったでしょう。そういうことなので、先ほどの疑問は他の疑問と共に未確定としなければならない」

ウルフの視線が移動した。「ミス・ウィン。アパートへの捜索は時間をおくべきではありません。ご自分で手配されますか、こちらでやりましょうか？」

エイミー・ウィンはインホフを見やった。インホフは言った。「やってもらおう」エイミーがウルフに答えた。「お願いします」

「結構。ペリー・ストリートでのもと同居人に許可を得てもらいます。現在のお住まいには捜索担当者を入れて、ご自身は席をはずしてください。アーチー、ソール・パンザーとミス・ボナーに連絡を」

ぼくは電話に向き直り、番号を回した。

第三章

三十四時間後になる水曜日の午後十一時、ウルフは座ったまま体を起こした。「アーチー」

　タイプライターを打っていたぼくの指が停止した。「はい」

「一つの疑問に答えが出た」

「それはよかった。どの疑問です？」

「被害者たちの実体についてだ。潔白だと立証された。彼らは詐欺に遭ったのだ。これを見ろ」

　ぼくは立ちあがってウルフの机に向かったが、そこまで行くにはテーブルを迂回する必要があった。表の応接室から運んできて、二分の一トン分の書類を置いていたのだ。書簡綴り、新聞の切り抜き、写真、謄写版の報告書、電話の会話記録、フォトスタット（ペーパーネガを使い、黒白が逆に再現される複写写真機。現在は製造されていない）の複写写真、本、破りとった紙片、名前と住所の一覧表、宣誓供述書、多種多様な書類だ。食事と睡眠、屋上の植物室での一日二回の作業を除いて、ウルフは三十四時間かけてその書類に取り組んだ。ぼくも同じだ。二人とも書類全部に目を通した。ただし、四冊の本――エレン・スターデヴァント作『情熱の色』、リチャード・エコルズ作『贈り物はすべて離さずに』、マージョリー・リッピン作『聖か俗か』、エイミー・ウィン作『わたしの扉へのノック』は除く。賠償請求のもとになった掌編と筋や登場人物や展開が同じだと認められているし、苦労して読み通したところで意味はない。

ウルフに邪魔をされたとき、ぼくがタイプしていたのは、ソール・パンザーとドル・ボナーにサインしてもらう供述書だった。二人はその日の夕方、報告に来た。火曜日の午後と夜にはペリー・ストリートのアパートを七時間、水曜日にはエイミー・ウィンの現在の住まいであるアーバー・ストリートのマンションを六時間かけて二人がかりで捜索したのだ。どちらにもアリス・ポーターの書いた『幸運がドアを叩く』という題の原稿はなかったと、聖書、ではなくベストセラー一覧にかけて揃って誓う用意ができていた。ペリー・ストリートのアパートには作者問わず、原稿は一切なかった。アーバー・ストリートには引き出し一杯分あった。長編小説が二つ、掌編が二十八、随筆が九つ。すべてエイミー・ウィンの書いたもので、郵便で何度もやりとりしたせいで擦れや破れがあった。ソールは題とページ数を一覧にしていたが、ぼくは供述書には含める必要がないと判断していた。報告を委員長に伝達するため、フィリップ・ハーヴェイの番号にかけたが、応答はなかった。そこで、ヴィクトリー出版のルーベン・インホフにかけた。インホフは吉報を喜び、エイミー・ウィンにも伝えると言っていた。

書類の山が載ったテーブルを迂回して、ぼくはウルフの机の端に立った。ウルフの前に並んでいるのは集めた書類のうちの三つだった。アリス・ポーターの『愛しかない』とサイモン・ジェイコブズの『わたしのものはあなたのもの』の原稿、それからジェーン・オグルヴィの『天上ならぬ俗世界にて』の写し。ウルフの手には用箋からとった紙が何枚か握られていた。ウルフは肘を椅子の腕について、前腕をまっすぐに持ちあげている。前腕を立てたままにするのには力がいるので、特別な自己満足に浸っているときしかやらない。

「見えてますよ」ぼくは声をかけた。「なんです？　指紋ですか？」

「指紋よりいいものだ。この三つの掌編はすべて同一人物によって書かれた」

「そうですか？　同じタイプライターじゃありませんでしたよ。拡大鏡で比較しましたから」

「わたしもやった」ウルフは紙をかさかさと揺らし、「タイプライターよりいい証拠だ。タイプライターはアームを替えられる」一番上の紙をちらりと見た。「アリス・ポーターの物語では、登場人物の一人が六回断言(アヴァー)している。サイモン・ジェイコブズの物語では八回だ。ジェーン・オグルヴィの物語では七回。もちろんわかっているだろうが、ほぼすべての作家には対話を書く際に『言う(セイ)』に代わるお気に入りの単語、あるいは複数の単語がある。『彼は言った』もしくは『彼女は言った』に変化を持たせたいときには、『言い切る』、『述べる』、『口走る』、『まくしたてる』、『叫ぶ』、『表明する』、『明言する』、『囁く』、『呟く』、『言い放つ』などを使う。何ダースもの表現があり、作家は同じ単語を繰り返す傾向がある。この一人の男と二人の女が同じお気に入り、『断言』を使う点を偶然として受け入れるのか？」

「半信半疑ってとこですかね。以前、太陽が南に動いたときに温度がさがるのは単なる偶然と考えられなくもないって、あなたが言うのを聞いたことがありますから」

「くだらん。それはただのおしゃべりだ。今回は仕事だぞ。この三つの掌編には他にも、同じように目立った類似点がある。そのうち二つは用語上のものだ」ウルフは二枚目の紙に視線を落とした。「アリス・ポーターはこんなふうに書いている。『無意味な行為ではなかったのだ、彼が人生で愛した唯一の人を捨てたことは』次はこれだ。『彼女は自尊心をなくしはしたかもしれない、が、無意味な行為ではなかった』サイモン・ジェイコブズはこうだ。『そして、彼は名誉も失わなければならないのか？　無意味な行為ではなかったのに？』次。『どんな女も生還できるとは思えない拷問を味わったのは、無意味な行為ではなかった』ジェーン・オグルヴィは、質問に対する答えとして登場人物の男性にこう言わせている。『無意味な行為だったわけじゃないよ、ね、そうなんだ』」

　ぼくは頬を掻いた。「そうですか。あなたがこの原稿を読んだのは、無意味な行為ではなかったんですね」

　ウルフは三枚目の紙にとりかかった。「用語上のもう一つの類似点。アリス・ポーターの一文だ。『彼女が手を触れたその一瞬に、彼は自分の心臓の鼓動を感じた』次。『彼女がドアにたどり着いて鍵をとり出したその一瞬に、夜の帳（とばり）がおりていた』さらに次。『まだチャンスはあるのか？　その一瞬にチャンスが?』サイモン・ジェイコブスは同じような構文で『その一瞬に』を四度使用している。ジェーン・オグルヴィは三度だ」

「納得しました」ぼくは断言（アヴァー）した。「偶然の一致ではないですね」

「それだけではない、他に二点もある。一つは句読法だ。三人ともセミコロンを好み、多くの人がコンマかダッシュを使いそうな場所で、セミコロンを採用している。もう一点はもっと繊細な問題だが、わたしにとっては一番決定的だ。賢い人物なら、自分の文体のすべての要素をうまく偽装できるかもしれない、ただし一つ例外がある……段落分けだ。用語選択や統語法は、完全な意識下の理性的な過程で決定及び調整される可能性があるが、段落分けは話がちがう。短く区切るか長く区切るか、思考もしくは行動の最中に区切るか終わらせてからにするか。その決定は本能、深層人格によるものだ。およそ考えにくいが、用語上の類似点、句読法さえも偶然の一致である可能性は認める。それでもなお、段落分けはちがう。この三つの物語は、同じ人物によって段落分けされた」

「作品は自作で」ぼくは言った。

「なんだ？」

「なんでもありません。たまたま『タイムズ』紙の書評で読んだ記事のタイトルがふと頭に浮かんだんです。小説家は登場人物たちを創造するだけにして、その自由を尊重し、行動や筋書きを発展させていくべきだって意見に関する記事でした。記事の筆者はその考えを真っ向から否定していました。作品は自分自身で作りあげるべきだと主張していたんです。まあ、捜査を担当する探偵には事件の筋書きを自分で作りあげることは無理だな、と思って。もう作りあげられてますからね。今回の事件を考えてみましょう。今やすっかり別物になったじゃありませんか。一つ質問です。これほど類似点があるのに、どうしてだれも気づかなかったんでしょう？」

「おそらく、この三つの原稿を集めて比べたものがいなかったからだろう。あの委員会が結成されるまで、別々の人物の手元にあった」

ぼくは机に戻って、座った。「わかりました。おめでとうございます。では、ぼくは改めて自分の頭を整理する必要があります。あなたはもうやってしまったのでしょうけど」

「そうではない。整理すらついていないままだ」

ぼくは時計にちらりと目をやった。「十一時十五分です。ハーヴェイは帰宅しているかもしれません。発見を吹聴したいですか？」

「いや。疲れた。わたしは眠りたい。急ぐ必要はない」ウルフは椅子を引いて、立ちあがった。

ウルフは自分の寝室のある二階まで七分の一トンの体を階段で押しあげることもあるのだが、その夜はエレベーターを使った。ウルフが事務所を出たあと、ぼくは三つの原稿を自分の机に持っていき、三十分かけて段落分けを研究した。ぼくは以前リリー・ローワンに大型ハンマーと同じくらい繊細だと言われたことがある——用語選択は完全な意識下の理性的な過程で決定及び調整されていなかった——が、ウルフの指摘は理解できた。ぼくは原稿を金庫に入れて、テーブルに山積みになった書類の問題を考えた。西三十五丁目にある古い褐色砂岩（ブラウンストーン）の家に住む人の立場と職務は、はっきり了解ができている。ウルフは家の所有者で指揮官。フリッツ・ブレンナーはシェフ兼家政監督で、植物室、事務所、ぼくの寝室を除く、この居城の管理責任者だ。セオドア・ホルストマンは蘭の世話係で、階下については責任も仕事の義務もない。食事は厨房でフリッツと一緒だ。ぼくはウルフと一緒に食堂で食べるが、ウルフと口をきかない状態のときは除く。その場合は厨房でフリッツとセオドアの仲間入りをするか、どこかに招かれるか、友人をレストランに連れていくか、十番街の角を曲がったところにある〈バートの食堂〉で豆を食べる。ぼくの立場と職務は、必要に応じてなんでもだ。必要をだれが判断するかの問題は、ときどきウルフとぼくが口をきかない雰囲気を作り出す原因となる。こういう事情を踏まえれば、次の一文はこうなるはずだ。「ただ、山積みの書類は事務所にある以上、明らかにぼくに任されている」となると、ぼくはこのままにしておくか、新しい段落をはじめるかを決めなければならない。それがどんなに繊細か、わかってくれるだろう。段落分けは読者にお任せする。

ぼくは書類の山をしげしげと見つめながら立っていた。そのなかに散らばっているのは、四人の請求者に関する個人情報を集めたものだ。一人が例の原稿を書いたとして、だれが一番疑わしいだろうか？　ぼくはざっと考えてみた。

アリス・ポーター。三十代半ば、独身。身体的特徴の記録はなかったが、写真があった。肉づきがよくて、百五十ポンドぐらいか。丸顔に小さな鼻、目はくっつきすぎている。一九五五年には生活に余裕のない若い娘や女性のための集合住宅、西八十二丁目のコランダー・ハウスに住んでいた。現在はニューヨークの六十マイル北にあるカーメルという町の近くで、エレン・スターデヴァントからむしりとった不正な金の一部を使って買ったと思われるコテージに住んでいる。一九四九年から一九五五年の間に、子供向けの物語を十四編雑誌で発表した。そして一九五四年に、『ピーナッツを食べた蛾』という子供向けの本を一冊、ベスト・アンド・グリーン社から出版している。売れたとはいえない。一九五一年に米国作家脚本家連盟に加入し、一九五四年に会費未納で脱退し、一九五六年に再加入している。

サイモン・ジェイコブズ。人相書きと写真がある。六十二歳でがりがりに痩せている。マーク・トウェインみたいな髪型（これはタイトル・ハウスの弁護士からの情報）。どもりがある。一九四八年、つまり五十一歳のときに結婚。一九五六年には妻と三人の子供と一緒に西二十一丁目の安アパートで生活しており、今もそこに住んでいる。第一次世界大戦で米国海外派遣軍として外国に出征し、二度負傷した。一九二二年から一九四〇年までは、四つのペンネームを使って大衆雑誌に何百も物語を書いた。第二次世界大戦では、戦時情報局でドイツ語とポーランド語でラジオの原稿を書いた。戦後はまた小説を書いたが、さほど売れず、一語につき三セントで一年に八作か十作だった。一九四七年オウル・プレスから『夜明けの集中砲撃』という本を出版して三万五千部売り上げ、一九四八年に結婚して高級住宅地ブルックリン・ハイツにあるマンションを購入した。それ以降、本は出版されていない。売れる小説も減ってきた。一九五四年には西二十一丁目の安アパートに引っ越した。一九三一年から米国作家脚本家連盟の会員で、会費は戦争中で支払い義務がなかったときでも決まって即納されている。

ジェーン・オグルヴィ。三か所から提供された人相書きと写真が何枚かあった。二十代後半か三十代はじめ、情報源によって異なる。小柄でスタイルはよく、小さなかわいらしい顔に夢見るような目をしている。一九五七年にはリバーデールにある両親の家に住んでおり、今も同じ。マージョリー・リッピンの遺産から金を手に入れてすぐ、一人でヨーロッパへ旅だったが、一か月しか滞在しなかった。父親は金物の卸売りをしていて、財務格付けは高い。法廷での証言によれば、一七編の詩を雑誌に発表していて、弁護士の求めによりそのうちの三編を証言台で読みあげた。小説や本を出版したことはない。米国作家脚本家連盟には一九五五年に加入しており、会費の支払いは一年遅れだ。

ケネス・レナート。この男に関しては、モーティマー・オシンが雇った探偵社の報告書から数ページ分の情報を提供できる。三十四歳、独身。年齢より若くみえる。男性的（ぼくの表現ではなく、探偵社による）、筋肉質、容姿端麗。鋭い茶色の目、など。東三十七丁目にある風呂と小さな台所つきのしゃれた大きな部屋に住んでいる。その部屋を探偵は二度捜索していた。アイオワ州のオタムワに母親と妹たちがいる。父親は故人だ。一九五〇年にプリンストン大学を卒業。証券会社のオーカットアンドカンパニーに就職したものの、一九五四年になんらかの都合で解雇。詳細は明らかになっていないが、客をだましたとかなんとからしい。公式に訴えられることはなかった。そして、テレビ向けの脚本を書きはじめる。これまでにわかっている限りでは、四年間に九編しか売れなかったが、他に明確な収入源はない。あちこちで金を借りている。借金は三万ドルから四万ドルぐらい。米国作家脚本家連盟に加盟したことはない。不適格。代理業者や演出家に脚本を持ちこんだことは一度もない。

こういう感じだ。一晩寝て考えてみてもいいかなと、ぼくはアリス・ポーターに目星をつけてみた。一九五五年、最初にしかけたのだし、今また同じことをしている。『ピーナッツを食べた蛾』という題の本を書いたくらいだから、どんなことでもやりかねない女だろう。目と目の間が狭すぎる。ウルフはいつも単なる社交辞令でぼくに意見を求めるのだが、もし朝になって訊かれたら、アリスを一九五六年のサイモン・ジェイコブズ、一九五七年のジェーン・オグルヴィ、そしてできれば一九五八年のケネス・レナートと結びつけることを提案するだろう。アリスが掌編を書いて、三人がそれを使ったのなら、必ず接点があるはずだ。オシンの探偵社とマージョリー・リッピンの遺産管理人の弁護士はなにも見つけていないが、見つかるかどうかは探す人次第だ。

扉つきの戸棚に場所を作って、どうにかこうにか書類の山をテーブルから移動させた。七往復した。戸棚に鍵をかけ、表の応接室にテーブルを戻し、ぼくはベッドへ向かった。

第四章

　ぼくの提案が披露されることはなかった。一晩寝て却下した。もっといい考えを思いついたのだ。木曜日の朝八時十五分、ぼくは三階から階段をおりて一階の厨房に入り、フリッツと朝の挨拶を交わし、十オンス分が入ったオレンジジュースのグラスをとりあげ、甘酸っぱい最初の一口を味わった。いつもそれがきっかけで寝起きの霧が晴れていく兆しを感じる。ぼくは尋ねた。「オムレツはないのかい？」

　フリッツは冷蔵庫のドアを閉めた。「わかっているだろう、アーチー。卵を割っていないときがどういうときか」

「もちろんわかってるさ、ただ、腹ぺこでね」

　それは、フリッツが朝食の盆をウルフの寝室まで持っていった際、ぼくに用があると言われたときだ。だから、ぼくがもう一度おりてくる音を聞くまで、フリッツは卵を割らないつもりなのだ。オレンジジュースを一気飲みする気分ではなかったので、二口目を飲んでから、持っていった。二階へあがり、左に曲がって廊下の突きあたりにある開けっ放しのドアへ向かう。ウルフは裸足で、黄色い山を思わせるパジャマ姿だった。窓際にあるテーブルで二番目にお気に入りの椅子に座り、パンケーキにラズベリージャムをスプーンでかけていた。ぼくは挨拶を返し、続けた。「『ピーナッツを食べた蛾』と『夜明けの集中砲撃』はきっと、出版社で入手できると思います。ただ、ジェーン・オグルヴィの詩が載っている雑誌を引っ張りだすには数日かかるかもしれません。アリス・ポーターとサイモン・ジェイコブズ対策には本で充分でしょうか、それとも、他の作品も必要ですか？」

ウルフは唸った。「特に迅速さは求められていなかった」

「そのとおりです。ぼくは自慢しているわけじゃありません。腹が減って時間を節約したいだけです」

「自慢していた。まずは本だ。他の作品は必要ないだろう。ジェーン・オグルヴィの詩はほぼ確実に無価値だ。三編、読んでみた。安っぽい詩歌の作者は、韻律を調べて韻を踏ませるためだけに単語を選ぶ。段落分けもない」

ぼくはオレンジジュースを一口飲んだ。「本が必要な理由を聞かせてほしいと言われたら、説明するんですか？」

「いや。はぐらかせ」ウルフは切り分けたパンケーキとジャムにフォークを刺した。

「ハーヴェイから電話があったらどうします？」

「報告はなにもない。あとで連絡するかもしれない。わたしには問題の本が必要だ」

「他には？」

「ない」ウルフはフォークを持ちあげ、口を開けた。

ぼくが厨房に戻ると、フリッツは卵を割ってかき混ぜていた。ぼくは壁際のテーブルにつき、『タイムズ』の朝刊を状差しに置き、オレンジジュースを飲んだ。フリッツが、「いい事件かい？」と訊いてきた。

フリッツにとっていい事件とは、食事の邪魔にならず、ウルフの機嫌を損ねるほど長引かず、たっぷり報酬を得られる見こみの高いものだ。「そこそこだな」ぼくは答えた。「やることといったら、本を二冊読むだけさ。うまくいけばね」

フリッツは小さなフライパンを火にかけた。「例のミス・ボナーは手伝いをしているのかい？」

ぼくはにやりと笑った。フリッツはこの家に足を踏み入れるすべての女性を、他の管轄区域はもちろんのこと、自分の厨房に対する潜在的な脅威だとみなしているのだ。で、とりわけセオドリンダ略してドル・ボナー、ニューヨークにある探偵社の唯一の女社長兼探偵に、疑いの目を向けている。

「ちがうよ」ぼくは言った。「昨日は個人的な用で来たんだ。ウルフさんがしつこく夕食の誘いの電話をかけてくるから、やめさせてほしいって話でね」

フリッツはスプーンをぼくに向けた。「アーチー。そんなふうにしれっと嘘をつけたら、わたしは外交官になってただろうね。きみは女性に詳しい。ミス・ボナーのような色の目と、自前であんなに長いまつげを持っている女性は危険な生き物だって、よくわかってるはずだよ」

九時にはぼくの朝靄はすっかり晴れていた。スモモ入りのオムレツと、ベーコンと蜂蜜を添えたパンケーキと、二杯のコーヒーのおかげだ。ぼくは事務所に行って、フィリップ・ハーヴェイの番号に電話をかけた。まだ夜明け前だったかと思うような反応だった。ハーヴェイを宥めて、正真正銘の非常事態を除いてもう二度と正午前に電話はかけないと約束したあとで、ぼくは用件を話した——ベスト・アンド・グリーン社とオウル・プレスで協力してくれそうな人の名前を知りたい。ハーヴェイは、どちらの会社にも知り合いは一人もいない、米国作家脚本家連盟の事務局長に電話をかけろと言うなり、通話を打ち切った。ろくでもない委員長だ。事務局長をつかまえると、今度はどんな協力を求めるつもりなのかと訊かれた。説明したら、ネロ・ウルフがその本を必要とする理由を追及された。名探偵はあるものを必要とする理由を第三者に話すことはないし、ぼくが答えたとしても嘘の理由だろうと言うと、ようやく事務局長は引き下がって、何人かの名前を教えてくれた。

ベスト・アンド・グリーン社のアーノルド・グリーンは、信じられないほど疑り深かった。はっきりと口にはしなかったが、盗作問題合同調査委員会は商売敵によって扇動された陰謀団で、五年前に出版した本の著者の不安材料を入手してベスト・アンド・グリーン社の鼻をへし折るつもりだと疑っているらしい。ともかく、『ピーナッツを食べた蛾』は失敗作だったため安値で処分され、おそらく在庫は四、五冊残っているだけだが、保存資料室（モルグ）にある。さらにともかく、ネロ・ウルフの捜査にあの本がなんの関係があるのだ？　少し落ち着いてきた頃合いで、ぼくは言った。そちらの意見は充分承（うけたまわ）ったので、グリーンさんはなんらかの、おそらくはそれ相応の理由があってウルフさんに本を渡すことを拒否したと、ナップさんとデクスターさんとインホフさんに報告しておく。するとグリーンは、それは誤解だ、拒否しているのではない、事務所のどこかにあるかもしれない、と言い出した。あれば届けさせるし、なければ資料室までだれかをとりにいかせる、とのことだった。

オウル・プレスのＷ・Ｒ・プラットはあくまでも事務的だった。ネロ・ウルフが捜査のために雇われて、依頼主は盗作問題合同調査委——と説明しかけたところで、プラットは知っているから用件はなんだと遮った。ウルフさんはできるだけ早く『夜明けの集中砲撃』を一冊手に入れたがっていて、もしよろしければ——と頼みかけたところで、プラットは秘書に住所を教えてくれればすぐに届けさせるとまた遮った。プラットは何一つ質問しなかったが、秘書はちがった。最初の言葉は、「請求書はどちらへ？」だった。あの会社は、まさに油断も隙もない。

『夜明けの集中砲撃』が最初に届いたが、ぼくは驚かなかった。請求明細書も同封されていて、配達料の一ドル五十セントもきちんと入っていた。ウルフは植物室からおりてきて、朝の郵便に目を通しているところだった。ぼくが本を渡すと、ウルフは顔をしかめて机に放り出したが、二分ほど経ったところで手にとって苦い顔で表紙を見つめ、開いた。かなり読み進んだ頃に、『ピーナッツを食べた蛾』が到着した。前にも言ったとおり、ぼくの職務は必要なことならなんでもなので、『ピーナッツを食べた蛾』に取り組み、『断言』とか『無意味な行為ではなかった』とか、『蛾が一万個目のピーナッツをのみこんだその一瞬に、胃痛が起こった』みたいな言葉を探した。もちろん、セミコロンや段落分けにも気をつけた。半分以上読み進んだところで、ウルフにその本を寄こせと声をかけられた。ぼくは立ちあがって本を渡し、『夜明けの集中砲撃』を手にとった。

一時少し過ぎ、昼食の時間が近づいてきた頃、ウルフは『ピーナッツを食べた蛾』を閉じて机の上に投げ出し、怒鳴った。「くだらん。どちらもちがう。けしからん」

ぼくは『夜明けの集中砲撃』を閉じて、置いた。「わかりました」と声をかける。「サイモン・ジェイコブズは除外してもいいかもしれません。ですが、アリス・ポーターの作品は子供向けの本です。たとえピーナッツ中毒でも、蛾が断言したりするとは思えませんよね。アリス・ポーターをあきらめるのは気が進みません。言い出しっぺですし、二度目もやってますから」

ウルフはぼくを睨んだ。「ちがう。その女はあの掌編三つを書かなかった」

「そう言うなら、しかたありませんね。なぜぼくを睨むんです？　掌編を書いたのはぼくじゃありませんよ。それは最終的な決定ですか、それとも犯人の化けの皮が上出来なので不機嫌なだけですか？」

「決定だ。そこまで頭の切れる人間はいない。あの二人は除外だ」

「だったら、残るはジェーン・オグルヴィとケネス・レナートですね」

「ジェーン・オグルヴィはおよそ考えにくい。あんな出来損ないの詩を三編書いて、裁判の証言にあった言葉や言い回しを使う女が、自分の作品だと主張する一編も含めて、あの三つの掌編を書くのはほぼ確実に不可能だ。もちろん、四人のうち一人だけ残ったケネス・レナートには可能性がある。ただし、レナート氏の訴えの根拠は劇の概要で小説ではないし、こちらの手元にもない。レナート氏の一件は単独行動の可能性さえある。レナート氏が書いたテレビの脚本の写しは手に入れられるか？」

「さあ。探してみましょうか？」

「そうだな。ただ、急ぐ必要はない。報告書によれば、脚本の体裁だから対話ばかりで、ほとんど得るものはないだろう。きみの意見を聞きたい。わたしたちの仕事は今や、性別不明の一人の人物を探すこととなった。一九五五年にエレン・スターデヴァントの『情熱の色』を読み、その登場人物や筋書きや展開をとりいれた『愛しかない』という題の掌編を書き、おそらく利益の分与を餌として、筆者を名乗ってその掌編を盗作の損害賠償請求の根拠に使うようアリス・ポーターを言いくるめ、機会を見つけてエレン・スターデヴァントの夏の別荘になんらかの方法で侵入し、机の引き出しに原稿を隠した。一年後、別の共犯者、サイモン・ジェイコブズを使い、ジェイコブズ氏がかつてリチャード・エコルズの著作権代理業者に掌編を送って返却されていたのを渡りに船とばかりに、原稿の存在と優先権を証拠立てる方法だけを変えて、エコルズ氏の『贈り物はすべて離さずに』に対して犯行を繰り返した。一九五七年には、またしても別の共犯者、ジェーン・オグルヴィを使い、さらにマージョリー・リッピンの死という好都合な状況を利用して、『聖か俗か』に対して同じ謀略を実行した。きみの意見を聞きたい。ケネス・レナートがその黒幕なのか」

　ぼくは首を振った。「そいつとそれほどの付き合いがないので」

「報告書を読んだだろう」

「それはまあ」ぼくは考えた。「出たとこ勝負なら、ぼくはちがうほうに賭けますね。一対十で、犯人じゃないです。全般的な印象からの意見ですが。特に、共犯者を使ってちょっかいを出すとは思えないんです。具体的な点を一つ。一九五五年にテレビに挑戦するまで、レナートが文筆業や作家になんらかの関係を持っていたという証拠はまったくありません。だとすると、どうやってアリス・ポーターやジェイコブズやジェーン・オグルヴィに渡りをつけたんでしょう？　もう一つ。自分の手を汚したくないって理由で最初の三件では共犯者と利益を分けてたのなら、なぜ四番目では自分で手を出し、五番目ではアリス・ポーターに戻ったんでしょう？」

　ウルフは頷いた。「同感だ。わたしたちは自分で作った罠にはまっている。あの三つの掌編が同一人物によって書かれたことを発見して、問題は単純になったと考えた。今思うと、どうやら複雑にしてしまったようだ。あの四人がただの使い走りだとしたら、ものまね小僧はどこにいるのか？　おそらくアメリカ人だろう。一億七千万人いるのだぞ」

「そこまでひどくはないですよ」ぼくは〝断言〟した。「おそらくニューヨーク都市圏に住んでいます。千五百万人。他に数えなくていいのは、子供、読み書きのできないもの、大金持ち、囚人――」

　フリッツが戸口に来た。「昼食の用意ができました」

「食欲がない」ウルフが怒鳴った。

　それは若干間違っていた。ウルフはクレオールふうフリッター（刻んだエビにスパイス入りの小麦粉のころもをつけて揚げたもの）のチーズソースがけを普通は五つ食べるのに、四つしか食べなかった。

というわけで、ウルフは三年間ぶりの反乱を起こした。ウルフの反乱は、他の人の反乱と似たり寄ったりだ。ただ、他の人たちは陸軍や海軍やその他の権力に反乱を起こすが、ウルフの相手は自分自身だ。自分の家で、自分の事務所で、自分で仕事を引き受けたのだが、それに背を向けたのだ。例の三つの掌編すべてが同一人物によって書かれたことを見抜いたのはぼくだってすばらしいと認めているのに、それがウルフには逆風となって、ストライキを起こしてしまった。もちろん、食事の席で仕事の話は御法度だが、ウルフの態度から自分の殻にこもっているのがわかった。で、昼食後に事務所へ戻ったとき、ぼくは丁寧に今もしくはこの先の指示があるかを尋ねた。

「今は」ウルフは言った。「ミス・ポーターとミス・オグルヴィとジェイコブズ氏とレナート氏に会ってきてくれ。きみと、先方の都合のよいときに。順番は任せる。近づきになってこい」

ぼくはあくまで丁寧に答えた。「会うのは楽しいでしょうね。なんの話をすれば?」

「思いついたことなら、なんでもいい。きみが言葉に詰まったなど、聞いたこともない」

「ここに連れてくるのはどうでしょう、一度に一人ずつで? あなたが近づきになるために」

「だめだ」

「わかりました」ぼくは立ちあがって、ウルフを見おろした。目を合わせるために顔をあげなければならないので、ウルフが嫌がるのだ。「天才でいるのは、最高でしょうね。あの歌手、ドリア・リッコーみたいに、不都合でもあればいつでも、さっさと出ていくだけでいいんですから。で、記者会見を開くんです。あなたにも六時に設定しておきましょうか？　そうして、こう言うわけです。あなたのような偉大な芸術家は躓（つまず）きを受けとめられると思ってはいけない、普通の探偵ならばそれぐらい簡単に――」

「しゃべるのならば、独り言にしてくれないか」

というわけで、これは単なる一時的な苛立ちではなく、反乱だった。週に二、三回はやるように、ウルフが、「うるさい！」とぼくを怒鳴りつけただけなら一時間かそこらで気を取り直して仕事にとりかかると目星がつくのだが、これはまずい。時間がかかる。どれくらいかかるか、予想もつかない。おまけに、ウルフは椅子から立ちあがって本棚まで歩き、シェイクスピア全集から一冊抜きだし、席に戻って背もたれに体を預け、本を開いてしまった。事件からだけじゃなく、アメリカと二十世紀からも退場だ。ぼくは出かけることにした。事務所と家から出て、九番街に向かって歩き、タクシーを停め、運転手に西二十一丁目六三二番地と告げた。

その建物はニューヨーク州貸しアパート法に定義されるアパートだっただけではなく、“貸しアパート（テネメント）”と言うとき普通に思い浮かべる、みすぼらしい安アパートだった。ぼくはサイモン・ジェイコブズへの話の切り出しかたをタクシーのなかで決めておいた。一列に並んだ名札の上から二番目がジェイコブズで、呼び鈴ボタンを押す。かちりという音を確認してドアを押し開け、建物に入って階段をのぼった。ニンニクの臭いがした。フリッツが作るスペインふうソース（トマトソースをベースにアヒルのレバー、アンチョビー、パプリカなどを加えたもの）のニンニクの香りは食欲をそそるが、アパートの廊下に漂う、五十年間漆喰（しっくい）にしみこんだニンニクの臭いは鼻をつまみたくなる。一番いい方法はすぐに思い切り大きく息を吸いこむことだ。そうすれば内臓もどうにもならないと納得する。

四階まであがると、廊下の正面に近い側にある開いた戸口に、女性が一人立っていた。九歳か、十歳ぐらいの男の子も一人、すぐそばにいた。ぼくが近づいていくと、男の子は言った。「なんだ、トミーじゃないんだ」そして、姿を消した。ぼくは女性に声をかけた。「ジェイコブズさんですか?」

女は頷いた。ぼくはびっくりしていた。サイモン・ジェイコブズは今六十二歳で、一九四八年に結婚したときは五十一歳だった。なのに、奥さんは年寄りではなかった。しわ一つなく、柔らかそうな茶色の髪には白髪の気配もない。名乗って、ご主人に話がある旨を奥さんに伝えたところ、夫は仕事中に邪魔をされるのを好まないので自分に用件を説明してくれないかと言われた。ぼくは物売りじゃないし、仕事上の話でご主人の利益になるかもしれないと答えると、奥さんはドアを開けたまま背を向けていなくなった。結構な間があってから、ジェイコブズが出てきた。写真とよく似ている——骨張った痩せ型で、二人分のしわがあって、タイトル・ハウスの弁護士が言ったとおり、マーク・トウェインみたいな髪をしている。

「ご用件は?」細くて甲高い声が似合いそうだが、低くて深みのある声だった。

「グッドウィンと申します、ジェイコブズさん」

「妻がそう言っていました」

「わたしは全国流通の雑誌社のものです。当社が検討している企画にご興味があるかどうかわかるまでは、社名はご勘弁ください。入ってもよろしいですか?」

「ことによりけりです。執筆中ですので。失礼ですが、どんな企画です?」

「それがですね、随筆を一つお願いできないかと思いまして。ご自分の書いた小説が別の作家に盗まれ、ベストセラーとなってしまった心境についてです。『作品は自作で』という題がよいのではないかと。どのような取り扱いにするかをご説明してから、お話し合いを――」

ジェイコブズはぼくの目の前でドアを閉めた。たいした探偵ではないと思われるかもしれない。経験豊富な私立探偵なら、足で戸が閉まらないように押さえるくらいの知恵があってもいいのにと。ただ、第一にはまったく予想外の反応だったし、第二にはこちらが攻撃態勢でない限りドアを押さえたりはしないものなのだ。だからぼくは親指を鼻にあてて広げた手を揺らすだけにして（軽蔑の仕草。日本のあかんべのようなもの）、背を向けて階段に向かった。歩道まで出たところで、ぼくは思い切り大きく息を吸いこみ、内臓へ楽にしていいと教えてやった。それから十番街まで歩き、タクシーを停めて運転手に三十七丁目とレキシントン・アベニューの角までと告げた。

レキシントン・アベニューと三番街の間にあるその建物は、二十一丁目の安アパートとは毛色がちがっていた。古さはほぼ同じだったのかもしれないが、化粧直しされていた。正面の煉瓦の壁は銀色がかった灰色に塗られ、明るい青の縁取りがついている。ドアの枠はアルミニウムで、鉢植えの常緑樹もあった。ポーチの表札には一階ごとに二世帯、八つの名前が出ていて、そこに縦格子の送話口とフックにかかった受話器があった。ぼくはレナートの横にあるボタンを押して、受話器を耳にあてた。ほどなく、かちりという音がして、声が聞こえてきた。

「どちらさま?」

「はじめまして。グッドウィンといいます。物売りじゃありません。買いたいものがあるかもしれません」

「ビル・グッドウィン？」

「ちがいます。アーチー・グッドウィンです」

「アーチー？　まさかネロ・ウルフのところのアーチー・グッドウィンじゃないだろうな？」

「そのとおりです」

「おやおや！　自分たちの売り物と同じくらいご立派な情報を半分買うってのはどんな探偵かなって、よく不思議に思ってたんだ。ここへ来て、教えてくれよ。一番上の階だ」


ぼくは通話を終えて振り向き、ブザーの音を合図にドアを開けて入った。自動運転のエレベーターの枠もアルミニウムだった。ぼくはエレベーターに乗って四階のボタンを押し、上へ向かった。停止してドアが開くと、レナートは狭い廊下にいた。シャツの袖をまくりあげて、ネクタイはなく、男性的で筋肉質で容姿端麗で、三十四という年齢より若くみえた。ぼくは差し出された手をとり、力強い握手に返礼したあとで、ドアからしゃれた大きな部屋へ案内された。報告書から予想していたよりも、さらにしゃれていて大きかった。ぼくをしゃれた大きな椅子に座らせ、レナートは尋ねた。「スコッチ、ライ、バーボン、それともジンは？」

ぼくは礼を言って断った。レナートはベッドにも使っていそうなしゃれた大きな長椅子に腰をおろした。「いや、おもしろいな」レナートは言った。「死体の背中に刺さっていた短剣から検出した指紋と、ぼくの指紋を比べたいって話じゃなければね。絶対にやってない。人を刺すときはいつも正面からなんだ。そのスーツはいいな。マシュー・ジョナスの？」

ぼくは、ちがう、ピーター・ダレルだと答えた。「指紋じゃ役に立ちませんね」と続ける。「短剣からは一切検出できませんでしたから。歴史あるアラビアの骨董品の一つで凝った柄だったもので。さっきの話は本気ですよ。買いたいものがあるかもしれません、いえ、ネロ・ウルフの依頼人が買いたがるかもしれないんです。金持ちで、もっと持ちたがっていて、あれこれ思いつく人でして。今回、あなたのモーティマー・オシンとアル・フレンドに対する訴え、『一ブッシェルの愛』という舞台の概略を盗んで『一バレルの愛』に変えたとの損害賠償請求権を買おうかと思いついたわけです。請求権の譲渡と、それを裏付けるあなたの供述書に一万ドル。オシンとフレンドから請求額全額の支払いがあればさらに一万ドル。もちろん、裁判になれば召喚状なしでも証言してくれるものと考えています」

「おやおや」レナートは長椅子の上に片足を伸ばした。「その太っ腹な影の指導者はだれなんだ?」

「ウルフさんの依頼人です。以前、面倒を片づけたことがありましてね、今回と種類はちがいますが。取引に合意ができれば、会えますよ。一万ドルは紙幣で準備してあります」

「連中が要求どおりに払わなかったら?」

「それは依頼人の責任です。一万ドルの損でしょうね」

「ふん。あいつらは払うさ。最低でも、一万ドルの十倍はね」

「可能性はあります」ぼくは認めた。「いずれはね。裁判になれば、弁護士の報酬やその他の費用がかかる」

「まあな」レナートはもう片方の足もあげた。「のるかもしれないって伝えてくれよ。本人に会って、話をする気はあるって」

ぼくは首を振った。「話をするために、ぼくがここにいるわけですから。ウルフさんに依頼があったのは、取り決めが必要な細かい点が二つあったためです。一つ目は、これまでにあなたが書いた脚本の概略が今回の一作だけではないという証拠を手に入れたいと。これは簡単でしょう、テレビ用の脚本の写しを持っているでしょうから」

「もちろん。全部写しがある」

「文句なしです。そちらは片づきました。もう一つの点です。もし裁判沙汰になれば、ジャック・サンドラー事務所の書類綴りから見つかった、あなたの名前入りの原稿は自作だというあなたの証言を裏付けるものがあれば、おおいに役立つでしょう。一番いい裏付けとなるのは、原稿の作成に使ったタイプライターを提出することです。依頼人はそれを必要としています。もちろん、対価は払いますよ」

「そりゃ親切だな」

「親切じゃないですね。ここだけの話、ぼくは依頼人が好きじゃありません」

「おれもだ。おれの脚本を盗んだ張本人だからな」レナートは足をさっと回して、立ちあがった。

「わかったよ、探偵さん。帰れ」

ぼくは動かなかった。「聞いてください、レナートさん。理解はできます、どういうわけであなたが――」

「帰れって言ったろ」レナートは一歩前に出た。「手助けが必要か?」

ぼくは立ちあがり、二歩前に出て、腕一本分の間を挟んでレナートと向かい合った。「確かめてみたいか?」

やる気になってくれればいいなと思っていた。ウルフの反乱のせいでだれかを殴ったらすっきりするような気分になっていたのだ。目の前の相手は大きさや体格に不足はないし、すっきりするだけじゃなく、いい運動になりそうだ。やつはぼくの願いを叶えてくれなかった。目は合わせたままだったが、一フィートほどさがった。

「敷物に血をつけたくないんでね」レナートは言った。

ぼくは背を向けて出ていった。ドアを開けたとき、レナートがぼくの背中に声をかけた。「モーティマー・オシンに言っとけ。これも汚い計略の一つかよってな!」エレベーターは停まったままだったので、乗りこんで、ボタンを押した。

歩道に出て、ぼくは手首に目をやった。四時五分。パトナム郡のカーメルまでは車で九十分しかかからないし、ぼくの気分にもいい効果があるはずだ。ただし、最初に電話だろう。アリス・ポーターの電話番号は? 歩道際に立って目を閉じ、集中した。そして、整理してしまっておいた脳細胞から引っ張りだした。レキシントン・アベニューの角を回ったところで、電話ボックスを見つけ、ダイヤルして、呼び出し音が十四回鳴ったところで受話器を戻した。応答はなかった。で、もっと短い旅行をすることに落ち着いた。ぼくは街を横切るように十番街まで歩き、一ブロック南のガレージへ行って、金主はウルフだが委任でぼくのものになっているヘロンのセダンを出した。そして、ウェストサイド・ハイウェイに向かった。

ケネス・レナートが犯人ではないとの説は、もうぼくの賭け帳では二十対一になっていた。いや、三十対一かもしれない。作戦を練って実行したのがだれであれ、小説を書いて、共犯者を選んで、原稿を忍ばせるのにさまざまな状況を利用するのだから、どんくさいやつじゃ無理だ。が、レナートは勘が悪かった。モーティマー・オシンがウルフの依頼人でぼくが一杯食わせようとしているのだと疑うか決めつけるかするのには、べつに頭を絞る必要はないし、ある程度の頭があれば、ぼくを追い出したりせず調子を合わせていただろう。レナートはただの合唱団の一人で、主役じゃない。十一番出口でヘンリー・ハドソン・パークウェイ（ウェストサイド・ハイウェイの七十二丁目以北の名前）からおりる頃には、ぼくはレナートを記録簿にしまいこんでしまっていた。

リバーデールは直線に我慢できないだれかが道路を造っていて、不案内な人間には密林のようだった。ただ、手元にいい地図があって、ハッドン・プレイス七八番地に行くまで二回しか後戻りしなくてすんだ。家の正面の縁石に車を寄せ、観察してみた。チューリップの花壇から大木まで、大きめのものが多すぎて、芝生が広がっているとまではいかない。まあ、草地だったとしても、パットの練習には充分だろう。家は顎の高さまでは石造りで、そこから上は濃い茶色の板が横ではなく縦向きに張られていた。とてもしゃれている。ぼくは車から降りて、小道を進んでいった。

玄関に近づくと音楽が聞こえてきて、ぼくは足を止めて耳をそばだてた。家からじゃない、左側だ。芝生を通って家の角を曲がった。並んだ窓の前を通過して、もう一度角を曲がり、石の敷かれたテラスに出た。音楽は椅子に置かれた携帯用ラジオから流れていて、聞き手が一人いた。ジェーン・オグルヴィ。敷物の上で仰向けに寝そべっている。体を覆うのは、要となる二か所の最小限度の範囲だけだった。目を閉じている。服を着た写真からぼくが導き出した推理、小柄だが抜群のプロポーションだという見立ては正しかった。きれいな膝まで備えていた。

角を曲がる位置まで戻って効果音つきで再登場しようか、この場で咳払いしようかと考えていると、ジェーンの目が突然開いて、頭がこちらを向いた。横目で五秒間こちらを見て、こう言った。「だれか来たのはわかってたの。目には見えなくても感じられる存在。あなたは生身の人間よね？」

奇妙な反応だった。勘が鋭い、ってわけじゃなかった。どちらかと言えば、ぼくが質問をして、その答えを返したみたいな口調だった。裁判での証言と読みあげた三編の詩を根拠に、ウルフがジェーンを容疑者から除外したとき、ぼくは大丈夫なのだろうかと思ったが、この短い発言で結論が出た。レナートが三十対一なら、ジェーンは千対一だ。

「しゃべらないで」ジェーンは続けた。「生身の人間だとしてもね。わたしがここであなたの存在を感じたこの瞬間に、ふさわしい言葉はないの。物音を聞いたと思うでしょ。でも、そうじゃなかった。わたしの耳が、全身が、音楽で満たされていたとき、あなたを感じた。『聖アグネス祭の前夜』（イギリスの詩人ジョン・キーツの詩。聖アグネスの聖日前夜の一月二十日に夕食を抜いて眠ると、夢で未来の夫を見るという中世からの伝説を題材にしている）だったら……だけど、そうじゃない。わたしは夕食抜きでベッドにいるわけじゃないもの。それでも、あなたの名前が詩の主人公と同じポーフィローだったら？　そうなの？　いえ、しゃべらないで！　こっちへ来るつもり？」

ぼくもジェーンに全面的に賛成だった。ぼくが口に出せるなかでこの場にふさわしい言葉は一つもない。おまけに、名前はポーフィローじゃない。とはいえ、なんの反応もせずに背を向けて出ていきたくはなかった。で、近くにある格子垣に手を伸ばして赤いバラを一輪摘み、唇に押しあててから、ジェーンへ投げた。そして、退散した。

数ブロック離れたドラッグストアの電話ボックスから、カーメルのアリス・ポーターの番号にかけてみたが、またしても応答はなかった。となると、ぼくには行くところも、することもなくなった。もちろん、家から出て四人組とお近づきになれと命じたウルフの狙いは、単にぼくを追い払うことだった。ぼくが近くにいたら、うるさく言うとわかっているからだ。うるさく言わなくても、じろじろ見ただろう。そういう事情なので、別の番号にかけてみた。相手が出て、この先八時間か九時間の過ごしかたを提案し、了解を得た。次に一番よく知っている番号にかけ直し、夕食時には不在になるとフリッツに伝えた。ぼくが西三十五丁目にある古い褐色砂岩の家の玄関前階段をのぼって、鍵を回したときには、真夜中をとっくに過ぎていた。机にぼく宛てのメモは載っていなかった。で、朝食は十時にするとフリッツへのメモを厨房に置いておいた。ぼくはいつも八時間の睡眠をとる。夜の間にウルフが立ち直ったとしても、ぼくの居場所はちゃんとわかっているだろう。

金曜日の朝、食事のために階下へ向かうとき、ぼくは荷造りした鞄を提げていた。十時四十五分、ぼくは二杯目のコーヒーを事務所の自分の机へ持っていき、内線電話で植物室を呼び出した。ウルフの声がした。「はい?」

「おはようございます」ぼくは明るく挨拶した。「覚えているでしょうが、ぼくは週末に招待を受けています」

「覚えている」

「取りやめにするべきですか?」

「いや」

「だったら、提案があります。昨日、ぼくは三人に会ってきました。ジェイコブズとレナートとミス・オグルヴィです。アリス・ポーターはだめでした。電話に出なかったんです。ご承知のとおり、これから行くミス・ローワンの別荘はカトナの近くで、そこからカーメルまでは三十分足らずです。ミス・ローワンとの約束は六時です。今から出れば先にカーメルへ寄って、午後にミス・ポーターと近づきになれますが」

「対応が必要な郵便はあるか?」

「ないです。急ぎのものはありません」

「では、行ってくれ」

「わかりました。日曜の夜遅くに戻ります。出かける前に面会した三人についての報告書が必要ですか?」

「いや。緊急の報告を必要とする事項があれば、きみがそう注意していただろう」

「たしかに。ミス・ローワンの電話番号はあなたの机に置いておきます。よろしく言っていたと伝えておきますよ。働きすぎないでくださいね」

ウルフは電話を切った。怠け者のデブめ。ぼくはウルフのメモ用紙に電話番号を書きとめ、厨房のフリッツに行ってくると声をかけ、鞄を持って出発した。

ウェストサイド・ハイウェイは二十四時間いつでも混んでいる。ただ、市外に出ると車は減り、ホーソーン・サークルの北では長い区間一人きりだった。国道二十二号線をクロトン・フォールズでおり、森を抜ける曲がりくねった道や貯水池の岸に沿って数マイル進んだあと、なじみの店、〈グリーン・フェンス〉で一時間停車した。そこには二重顎の女性がいて、オハイオ州にいるぼくのマージーおばさんと同じやりかたで鶏の唐揚げを作るのだ。フリッツは鶏の揚げ物は作らない。二時、ぼくは再び車を走らせた。もうほんの二マイルほどだ。

電話しても意味がない。どっちみち、ぼくはもういるのだから。ただ、家の場所を知るために、かける寸前まで追いこまれた。大通りの警官は、アリス・ポーターの名前を聞いたこともなかった。ドラッグストアでは聞いたことがあって、以前に薬を処方していたが、住んでいる場所は知らなかった。ガソリンスタンドの店員によれば、たしかケント・クリフスのほうじゃないかという話だった。タクシー運転手のジミー・マーフィーに訊いてみるといい、とも教えてくれた。ジミーはすらすら教えてくれた。国道三〇一号線を西へ一マイル半、舗装道路へ右折して一マイル、未舗装道路へ右折して半マイル、右側に郵便受けがある。

そのとおりだった。未舗装路の半マイルは曲がりくねった上り坂で、道幅は狭く、石ころだらけだった。郵便受けがあったのはさらに細い小道の入口で、小道は門扉のない石塀の間から奥へ続いていた。曲がってその道へ入り、轍に沿って慎重に進んでいくと、突きあたりに青い小さな平屋の正面が見えてきた。車は見あたらない。ぼくが車から降りてドアを閉めると、二色の小さな雑種犬がちょこちょこ走ってきて、唸りはじめた。ただ、ぼくに近寄ったらどんな匂いがするのか知りたいとの好奇心には勝てなかったらしく、唸り声はだんだん小さくなった。ぼくが手を伸ばして首の後ろを撫でてやり、それで友達になれた。ドアをノックするのを手伝うつもりで犬はついてきたが、返事はなく、ドアノブをつかんでも鍵がかかっていると判明したときには、ぼくに負けず劣らずがっかりしていた。

探偵として何年も経験を積んだぼくは、一つの結論を出した。犬には餌が必要だ。周囲に家は一軒も見あたらないし、代わりに餌をやる人は近所にいない。つまり、アリスは戻ってくる。超一流の名探偵、例えばネロ・ウルフなら、犬の歯を観察したり腹を触ったりして、飼い主の帰宅時間を正確に当てられたかもしれないが、ぼくはそこまでいかない。ぼくは敷地内を見やった。四本の若木と半ダースほどの低木があっちこっちに散らばっている。それから裏へ回ってみた。手入れされた小さな家庭菜園があって、雑草は生えていない。ぼくはラディッシュを何本か抜いて食べた。そして車へ戻り、鞄から本を一冊とり出した。なんの本だったか忘れたが、『ピーナッツを食べた蛾』ではなかった。家の陰に置いてある二脚の庭用椅子のうちの一脚に腰をおろして、読書に励んだ。犬はぼくの足下で丸くなり、目を閉じた。

アリス・ポーターが帰ってきたのは、五時二十八分だった。五十八年型のフォードのステーションワゴンが轍に沿ってがたがた揺れながらやってくると、ヘロンの後ろで停まった。女性が車から降り、こちらへ向かってきた。飛び跳ねて出迎えた犬を、立ちどまって撫でる。ぼくは本を閉じて立ちあがった。

「わたしを探してるの?」アリスは訊いた。

「あなたがミス・アリス・ポーターなら、探しています」ぼくは答えた。

ぼくがだれなのか、アリスは知っていた。こういった判断は間違えやすいし、ぼくも昔はたくさん間違えてきた。それでも、ぼくの正体に気づいたとアリスの目が語っていた。でなければ、ぼくは探偵業を引退してトラック運転手か窓拭きになったほうがいい。べつに驚くほどのことじゃない。ときどきある。アイゼンハワー大統領ほどしょっちゅう写真が新聞に載るわけじゃないが、一度は『ガゼット』紙の一面を飾ったこともある。

「わたしですけど」アリスは答えた。

写真を見て、体重は百五十ポンドと踏んでいたが、実物は十ポンド多くなっていた。丸い顔はさらに大きく、鼻はさらに小さく、目の間がさらに狭い。額には汗が浮かんでいた。

「アーチー・グッドウィンといいます」ぼくは名乗った。「私立探偵のネロ・ウルフの助手です。十分ほどよろしいですか?」

「荷物を冷蔵庫に入れるまで待ってくれたら、いいけど。その間に、うちの車の後ろにそっちの車を回してくれる? 芝生を傷つけないでね」

ぼくは言われたとおりにした。芝生の状態はハッドン・プレイス七八番地とは比べものにならなかったが、エイミー・ウィンから金を巻きあげたら間違いなく手入れをするだろう。ぼくはヘロンを車一台分前進させ、ハンドルを一杯に切ってさがり、方向転換してフォードを通過し、轍に戻った。アリスは腕一杯の荷物をフォードからおろしていて、ぼくの手伝いの申し出を断り、家に入った。ぼくが椅子に戻ると、すぐにアリスは出てきて、もう一つの椅子に座った。

「ずっと考えてたんですけど」アリスは口を開いた。「あなたがアーチー・グッドウィンで、ネロ・ウルフがわざわざ寄こしたのだとしたら、なんのためかはまあ想像がつきます。だれのためか、って言ったほうがあたってるかしら。はっきり言ったほうがいいでしょう。ヴィクトリー出版かエイミー・ウィンがウルフを雇って、わたしの損害賠償請求になにかしら瑕疵を見つけようとしてるんでしょ。そんな用件だとしたら、ずいぶんとガソリンを無駄にしたわね。その件についてはなにも話すつもりはありません、一言も。わたし、あまり頭はよくないかもしれないけど、まるきりばかってわけでもないので。提案があるとしたら、聞きますけど」

ぼくは首を振った。「あまり上出来な想像じゃありませんね、ミス・ポーター。用件はエイミー・ウィンに対する請求についてですので、そこまではあたっています。ですが、ウルフさんの雇い主はミス・ウィンじゃありませんし、ヴィクトリー出版でもありません。ぼくがここへ来たのは、特ダネを狙っているニューヨークの新聞社のためです。損害賠償請求に関しては一切報道されていませんから、どうして新聞社が嗅ぎつけたのかはぼくにもわかりませんけど、人の口に戸は立てられないって言いますよね。新聞社は、損害賠償請求のもととなったあなたの掌編、『幸運がドアを叩く』をあなたの前書きつきで出版したいそうでして。初回連載権に必要な金額として、おいくらくらいを考えているか、知りたいと。かなり高い値がつけられますよとお伝えしても、依頼人の信頼を裏切ることにはならないでしょう。新聞社から直接連絡するのではなくネロ・ウルフに扱わせた理由は、いくつか細かい点を確認させたいからだそうで。そこはご理解いただけますね、不安要素も感じられますし」

「わたしの請求に不安要素なんてありません」

「あるとは言ってません。ただ、新聞社が根拠の有無にかかわらず名誉毀損で訴えられる危険性はあるでしょうから。もちろん、本決まりの前に、新聞社は掌編の確認を求めます。あなたが写しを持っていて、ぼくに委託してくれるだろうと、ウルフさんは考えたわけです。お持ちですか?」

アリスはぼくの視線を受けとめた。さっきまではあっちかと思えばこっちへと視線は逸れていたのだが、今はまっすぐにぼくに向けられている。「お上手ね」アリスは言った。

「ありがとう」ぼくはにやりと笑った。「自分はお上手だと思うのが好きなんですが、もちろん身びいきがありますからね。なにがお上手だと?」

「口が。よく考えてみなくちゃ。検討します。よくよく考えてみますから。さっき言ったけど、今のところ話をするつもりはありません。一言も」アリスは立ちあがった。

「でもそれは、ウルフさんがヴィクトリー出版かエイミー・ウィンに雇われていると考えていたときの話でしょう」

「だれが依頼人でも関係ない。話はしません。失礼します、用があるので」アリスは家のドアへ向かった。犬がぼくをちらっと見て、次に飼い主を見る。一番頼りになるのは飼い主だと判断して、とことこついていった。ぼくはその場を離れて、車に乗り、エンジンをかけた。舗装道路の直線区間では、カナダオダマキの束を持った男が、四十七頭の牛(実際に数えた。探偵は観察眼に優れているはずだから)の群れを追っていた。牛はどいつもこいつも乳を搾られるならヘロンのセダンに轢かれたほうがましだと思っていて、通過するのに五分かかってしまった。
土曜日の午後、いや、日曜の午後だったかもしれないが、リリーの別荘のプールサイドに六人で集まって日光浴をしていたとき、ぼくはリバーデールのテラスでの出来事を、名前と住所とそこにいた理由は伏せたままで説明し、ジェーンの頭がおかしいと思うかどうかを訊いてみた。女三人は思わないと言い、男二人は思うと答えた。もちろん、その結果はなにかを証明しているはずだが、それがなんなのか、ぼくにはまだ見極めがついていない。
日曜日の真夜中、屋外の空気を充分にとりいれ、日に焼けた鼻をして、ぼくは古い褐色砂岩の家の廊下に鞄を置き、事務所に入った。ぼくの机にはメモがあった。

AGへ
土曜の朝、ハーヴェイ氏から電話があった。委員たちと一緒に、月曜の午前十一時十五分に来訪する。

NW

第六章

今回、参加者は六人ではなく、七人だった。米国書籍出版物協会から三人――ジェラルド・ナップ、トーマス・デクスター、ルーベン・インホフ――と米国作家脚本家連盟から三人――エイミー・ウィン、モーティマー・オシン、フィリップ・ハーヴェイ――に加えて、立っているときも座っているときも背骨が火かき棒のようにまっすぐな中年女性、コーラ・バラッドがいた。ハーヴェイの説明では、コーラは委員ではなく米国作家脚本家連盟の事務局長で、職権により立ち会っているとのことだった。ハーヴェイは自分の隣、左側に席を用意していた。気づけば、デクスターとナップがコーラにチラチラと視線を向けている。どうやら、年間最優秀事務局長を選ぶ国民投票では、出版業者たちの票はコーラ・バラッドに入らないようだ。コーラのお返しの視線からすると、本人もそれを望んでいないとみて、まず間違いない。コーラは膝に速記用のノートを広げ、手には鉛筆を持っていた。

赤革の椅子に座ったフィリップ・ハーヴェイは、あくびをしていた。たぶん、一週間に二回も正午前に起きて外出しなければならなかったせいだろう。ジェラルド・ナップは、ここに来るために二つの約束をわざわざ取り消したと力説していた。今回のエイミー・ウィンとヴィクトリー出版に対するアリス・ポーターの請求で即刻断固たる行動をとる必要が生じたというインホフ氏の意見に賛成であり、どのような進展があったかを知るために全員でウルフ氏に会うべきだというハーヴェイ氏の意見に賛成だからだそうだ。ウルフは唇を引き結び、座ったままナップにしかめ面を向けていた。

「つまり」ナップは締めくくった。「なんらかの進展があった場合だが。あったのかな?」

「ありません」ウルフは答えた。「逆です。後退しました」

委員たちは揃って目を見張った。コーラ・バラッドが言った。「あら」モーティマー・オシンが追及した。「どうやったら後退なんてできるんだよ?」

ウルフは一息入れた。「簡単にご説明します。前金の五千ドルの返還を求めるのでしたら、そう申し入れるだけで結構です。先週の火曜、この一件は手間と金がかかる捜査になる可能性があるとご説明しました。今ではわたしの許容範囲以上の手間がかかり、あなたがたの許容範囲以上の金がかかる恐れがあります。そちらでは、アリス・ポーターがエレン・スターデヴァントをうまく陥れ、そこから他の人間がまねをした、との考えでした。それは間違いです。アリス・ポーターはただの道具です。サイモン・ジェイコブズも、ジェーン・オグルヴィも、ケネス・レナートも同じです」

コーラ・バラッドがノートから顔をあげた。「『道具』とおっしゃいました?」

「はい。二つの段階を経て、その結論にいたりました。第一段階は、今あげた最初の三人が損害賠償請求の根拠とした掌編を検証して得られた結果です。三つの物語はすべて、同一人物の作でした。本質的な証拠——言葉の使いかた、構文法、段落分け——は偽装しようがありません。あなたがたは単語や言語の専門家ですから、問題の掌編を研究してみてください。皆さん同意されるでしょう」

「わたしは作家ではありません」コーラ・バラッドが言った。「作家のために働いているだけです」

「『ために』じゃない」ハーヴェイが訂正した。「作家と一緒に、作家に対して仕事をしているんだ」

次にウルフに言う。「もし本当なら、意味深長だ。わたしも三つの掌編を比べてみたい」

「意味深長どころじゃない」ナップがきっぱり言った。「大発見じゃないか。わたしには進展があったように思えるが」

「わたしにもそう思えたのです」ウルフは言った。「次の段階に進むまでは。残るは、三人のうちだれが書いたかを突きとめればいいだけのように思えました。ならば造作ないだろうと。わたしはアリス・ポーターとサイモン・ジェイコブズの著書を取り寄せて調べ、ジェーン・オグルヴィが証人席で読みあげた三つの詩と証言を再読しました。詳しい説明は控え、結論だけお伝えします。問題の掌編を書いた人間は、あの三人のなかにはいません」

「いや、そんなはずはない」インホフが反対した。「だれかの仕業だ！　それで、アリス・ポーターがもう一度やってるんだ」

「わかった！」オシンがたばこを押しつぶし、大声で決めつけた。「レナートだ！　ケネス・レナート！」

ウルフは首を振った。「ちがうでしょう。そう判断する根拠は決定的ではないものの、強力なものです」ウルフは手のひらを立てた。「こういった次第です。六日前にあなたがたがここを出たとき、わたしは四人の犯罪者の正体を暴くのだと考えていました。問題の掌編三つを読んだときには、黒幕はたった一人で、たやすく突きとめられると思いました。他の告発者たちはただの道具だったのです。その点は進展でした。では、今の状況はどうか。黒幕はやはり一人だけですが、どこのだれなのでしょうか？　犯人にたどり着く唯一の道、正体を暴きだす唯一の希望は、必ずあったはずの道具たちとの接点から導き出されます。その種の捜査は、わたしの天分にはそぐわないのです。おまけに、時間も金もかかることでしょう。問題の三人――ケネス・レナートを含めれば四人の行動や交友関係に、網羅的かつ細部まで正確な調査が必要になるのです」

「手を引くという意味ですか？」デクスターが尋ねた。

「もはやわたしの仕事の範疇（はんちゅう）ではないように思えるという意味ですよ。捜査を適切かつ迅速に行うには、しかるべき指揮のもと、有能な探偵が最低でも一ダースは必要になるでしょう。そうなれば一日六百ドル、もしくはそれ以上かかる。さらに必要経費。それが一週間につきまるまる七日間。わたしはそのような作戦を指揮するつもりはありません。ともかく、こちらの報告を終えたほうがいいでしょう。土曜日にハーヴェイさんに電話でお話ししたとおり、わたしはグッドウィン君に問題の四人を訪問、面会させました。アーチー？」

ぼくは肩越しに自分のノートを机に放り投げていた。この調子では費用の請求書を送ることさえなさそうだ。そうなったらぼくは、〈グリーン・フェンス〉で買った鶏の唐揚げ代三ドル八十セントの持ち出しとなる。「全部の報告をお望みですか？」ぼくは確認した。

「わたしの望みではない。依頼人たちのためだ。ミス・バラッドがノートをとっている。あまりにも冗長でなければだが」

「そんなことはありません。サイモン・ジェイコブズに二分、ケネス・レナートに七分、ジェーン・オグルヴィに一分、アリス・ポーターに八分です」

「では、逐語的に頼む」

ぼくは言われたとおりにした。二時間にわたる三、四人の会話を完全かつ正確にウルフに説明できるまで自分の能力を高めてきたので、こんなちょっとした仕事はなんでもなかった。話しているうちに、モーティマー・オシンがたばこに一本も火をつけていないことに気づいた。ぼくは感心されていると受けとっていたが、そのうちに脚本家という職業柄、対話を吟味しているのだとわかった。話しおえると、オシンが真っ先に反応した。

「さっきのジェーン・オグルヴィの言葉だが」オシンは言った。「もちろん、きみが脚色したんだな。上出来だ」

「脚色はしてません」ぼくは答えた。「報告するときは、報告しかしないので」

「で、きみはケネス・レナートじゃないと……黒幕じゃないと思うのか?」ジェラルド・ナップが訊いた。

「はい。さっきのとおりの理由です」

「わたしには」フィリップ・ハーヴェイが口を挟んだ。「なにも状況は変わっていないように思える。ウルフさんが説明したとおりだ」頭を回して仲間を見る。「それで、どうする?」

委員たちは会議をはじめた。三人以上が同時にしゃべりだすと、ハーヴェイがだれの話も聞きとれないとわめく、そういう内容だった。十五分後、全会一致で自分たちが苦しい立場にあると認めたようだった。自分が議長だったら、その趣旨で動議を求めていただろうな、とぼくは考えていた。トーマス・デクスターが声を張りあげた。「提案があります」で、提案した。「現在の状況を二十四時間考えて、明日また会議を開くんです。ウルフさんが――」

「ちょっと待った」オシンが割りこんだ。たばこには火がついている。「一つ、思いついた」首を伸ばしてジェラルド・ナップをよけ、ぼくを見る。「グッドウィンさんに訊きたいことがある。例の四人のなかで、一番金を必要としているのはだれだ?」

「『金』でどんな金額を指しているのかによりますね」ぼくは答えた。「十ドルか、千ドルか、それとも五十万ドルですか？」

「その中間だな。考えがあるんだが、なかなかいいと思う。連中の一人に、金を出すんだ。ネロ・ウルフが委員会のために話をつける。例えば、一万ドル。それくらいなんだってんだ、おれ自身喜んで出してやるよ。弁護士の考えじゃ、五万ドルから十万ドルの間の金額をレナートに払う羽目になるかもしれないそうなんでね。これがうまくいけば、レナートは片づく。ミス・ウィン、あんたもアリス・ポーター相手で同じ立場だよな。ポーターはあんたから金を巻きあげ――」

「同じじゃない」ルーベン・インホフが反対した。「証拠がないじゃないか。アリス・ポーターは自分の書いた小説がミス・ウィンに盗まれたと言ってるが、その小説は出てきていない」

「出てくるさ。ミス・ウィン、アリス・ポーターを止めるのに一万ドル出す気はないかな？　永久に止めるために？」

エイミー・ウィンはインホフを見やった。インホフは相手の肩を撫で、「止めるって、どんな方法で？」とオシンに尋ねた。「どういう考えなんです？」

「ごく単純だ。冴えてるが、単純なんだ。だれかに、白状すれば二万ドル出すって持ちかけるんだよ。請求のもとになった掌編をだれが書いたのか、どうやって原稿を忍ばせたのか……一切合切だ。裏付けの証拠も一緒に。そこは簡単なはずだ。相手には訴追されないこと、不正に受けとった金の分け前の返済を求められないことも、保証する。グッドウィンさんは四人全員に会ったんだよな。だれを選ぶ？」

「サイモン・ジェイコブズ」ぼくは答えた。

「なぜそいつを？」

「ごく単純です。冴えてるほどのことでもありません。レナートはあなたから二万ドルなんて目じゃない金額を巻きあげる、もしくは、その気でいます。アリス・ポーターも同じです、ミス・ウィンに賠償を請求したばかりですから。ジェーン・オグルヴィについては、なんとも言えません。法廷では問題の物語、『天上ならぬ俗世界にて』を書いた理由を証言しました。父親の資金援助と母親の献身的愛情という毛布の下で呼吸困難となり、自分の魂の新たな販路を求めた、引用終わり。つまり、なにがしかの現金を手に入れたかったという意味だと思います。きっと今回の詐欺師はそのことを知って、願いを叶えてやったんでしょう。金を手に入れたジェーンは勝手気ままにヨーロッパへ飛び出したんですが、一か月で毛布のなかに戻ってきました。二万ドルに食指を動かすかもしれませんし、一蹴するかもしれません。ジェーンについて話すときだけは、『一蹴』みたいな言葉を使います」

「で、残るはジェイコブズか」

「そういうことです。おそらく、分け前はとっくの昔に使い果たしているでしょう。小説を掲載するのに苦労しています。妻子と一緒にみすぼらしい家に住んでます。借金があるかどうかはわかりませんが、きっとあるでしょうね。それに、あの人は借金生活を気楽に送れる人種じゃありません。訴追されることもなく、二年以上前にリチャード・エコルズから手に入れた金の返却も求められないとの確約があれば、二万ドルで白状するかもしれません。金はもう入ってきていないでしょうし。もちろん、エコルズさんからの保証は欠かせませんが」

オシンはトーマス・デクスターに声をかけた。「どうだい、デクスターさん？　エコルズとは知り合いだろ、本を出版したんだから。もちろん、おれも会ったことはあるが、よく知ってるわけじゃない。エコルズは協力するかな？」

出版業者のデクスターは灰色の髪を片手ですいた。「なんとも言えませんね。一つ、はっきり言えるのは、もしエコルズ先生がそのような取り決めに同意すれば、弊社、タイトル・ハウスに異存はない、ということです。ジェイコブズの宣誓供述書、わたしは宣誓供述書の形をとるものと推測しますが、それに盗作の訴えが誤りだったと明記されるなら、弊社は是認します。その……不正な本を出版したとの汚名をそそいでくれるのならば。ジェイコブズへの支払い、あるいはそれにかかわる弊社寄与分の返還を求めないことを約束しますよ」

「それは結構。だが、エコルズはどうなんだ？」

「わたしには判断がつきませんね。多くの面で理性的で分別のある人物です。エコルズ先生が……その……不本意ながら同意することはおおいに考えられると思います。しかるべく話を持っていけば」

「どう思う、コーラ？」フィリップ・ハーヴェイが訊いた。「ここにいるだれより、きみはエコルズ氏を知っているだろう」

コーラ・バラッドは唇を突き出した。「そのとおりです」と答える。「ディックならよく知っています。二十年前、代理業者を持つ前に、最初の本の契約のお手伝いをしました。出版社は映画化権の三十パーセント、初回連載権の二十パーセントを要求したんですよ。とんでもない話です。ディックはちょっと独特な点もありますけど、正しいことをするのを好む、とても心の広い人です。ご希望であればこの件についてあたってみて、どういう返事なのか確認してみます。実際にディックがなにをするかというと、代理業者であるポール・ノリスのところへ直行して、意見を求めるでしょう。もちろん、わたしはポールとも知り合いですから、最初にポールと話し合ったほうがいいかもしれません。今日の午後、会ってもかまいませんが」

「いやいや、事務局長の鑑だな」ジェラルド・ナップが言った。「作家先生たちにいつも出し抜かれるのも不思議はないね」

委員長のハーヴェイは鼻を鳴らした。「息抜きの冗談のつもりかな。いつでもどうぞ。私見だが、自分がディック・エコルズだったら、迷わないだろう。残念ながら、わたしはエコルズ氏ほどの売れっ子ではないし、この先も追いつけそうにない。六冊の本を出版して、最新作、『神々はなぜ笑う』が千部の九刷で新記録だ」一同を見回す。「オシンさんの考えをどう思う？　いいと思いますか？」

「自分ではいいと思う」オシンが答えた。「一万ドルの価値はある。ミス・ウィンも合わせるべきだよ」

エイミー・ウィンはルーベン・インホフを見やった。「あとで話し合おう」インホフは返事をしたうえで、委員長に向き直った。「ミス・バラッドがエコルズ先生と代理業者に打診しても害にならないのはたしかだ。二人が協力に同意したら、計画を先へ進めるかどうかを決定すればいい」

「個人的には」ジェラルド・ナップが口を出した。「今、決定するべきだと思うね。わたしはオシンさんの提案に全面的に賛成で、採用を発議する。エコルズ先生が納得した際、再度委員会を開く必要があるのはよくない。ウルフさんが直ちに必要な書類を作成させ、サイモン・ジェイコブズへの提案に進んだらいい」

「動議に賛成」オシンが言った。

「他に意見は？」ハーヴェイが訊いた。「なければ、賛成の人は挙手を。満場一致と認めます。ミス・ウィン、オシンさんの一万ドルに同調するかどうか、いつ連絡を入れられますか？　今日中？」

「ああ、そうですね」エイミーは委員長に約束した。「五時までには必ず」

「結構。わたしが留守なら、米国作家脚本家連盟のミス・バラッドに連絡してください。ウルフさん、これで決心が変わったのならよいのですが。進展があったことを認めてくれるでしょうね。もちろん、ウルフさんとグッドウィンさんのおかげです。なにか、ご意見は？」

「あります」ウルフは応じた。「わたしは探偵で、餌の運び屋ではありません。ただし、賄賂を受けとる可能性ありとしてグッドウィン君がジェイコブズ氏を名指しした以上、グッドウィン君とわたしには責任がありますな。準備がうまくいけば、こちらで行動に移します」

第七章

その日の午後四時二十分、エイミー・ウィンは電話ではなく、直接ぼくに告げた。オシンの一万ドルに同調する。

三時過ぎにかかってきたルーベン・インホフからの電話で、事態は動いた。ウルフとぼくは若干ましな雰囲気のもと、食堂で一緒に昼食をすませ、事務所にいた。ウルフが自分の机で手紙の口述をして、ぼくが自分の席で書きとめている最中に、電話が鳴った。ぼくが応答した。

「ネロ・ウルフ探偵事務所。こちらはアーチー・グッドウィンです」

「ルーベン・インホフです。ウルフさんは仕事では絶対に家を出ないという話だったが」

「そのとおりです。外出はしません」

「わかった。じゃあ、きみで。すぐこちらに来てくれ。ヴィクトリー出版のわたしの事務室へ」

「手が離せません。一時間以内では？」

「だめだ。今だ。電話で話せることはない。今すぐだ！」

「わかりました。伺います。落ち着いて待っていてください」ぼくは電話を切り、ウルフに声をかけた。「インホフです。なにかの理由でかっかしてます。事情を話そうとはしませんでしたが、すぐ来いとのことでした。ぼくらの責任ですよね？」

ウルフは唸った。「邪魔ばかり入る、けしからん」ぼくらはルイス・ヒューイットに宛てて、カトレア・ガスケリアーナ・アルバとカトレア・モシエ・ワゲネリを交配した結果を詳しく説明する手紙を書いている途中だった。「しかたがない。行け」

そうした。日中のこの時間帯は十番街より八番街のほうが、遅いながらも少しは早くタクシーが進む。なので、東に向かった。ようやく五十二丁目と六番街の交差点に到着し、右折したところ、一ブロックまるまる渋滞していて、ぼくは支払いをすませ、タクシーを降りた。ヴィクトリー出版の住所はマディソン・アベニューの五十何丁目かで、真新しいコンクリートとガラスの箱みたいな建物の一つだった。ロビーは緑系の大理石で、エレベーターが四基あった。三十二階の続き部屋に入ったときは、インホフの電話の口調からして、室内は大荒れではないかと半分期待していたのだが、静かなものだった。受付では二人が椅子に座っていた。一人は膨らんだ書類鞄を膝に載せ、辛抱強く待っているだけのようだ。席にいるきらきらした目の受付嬢は、ぼくが入っていっても眉をあげただけだった。それでも、名前を告げると、インホフがお待ちしておりますと言って電話をかけた。ほどなくアーチ型の出入口からきれいな若い女性が現れて、こちらへどうぞとぼくに声をかけた。前にも言ったとおり、ぼくは観察眼に磨きをかけてきたので、もちろん相手のよく動く尻に気がついた。

ルーベン・インホフの事務室は、米国作家脚本家連盟の会員と出版契約の条件を話し合うのに理想的なしつらえだった。あんな机を一台とすばらしく立派で座り心地のいい椅子を何脚も揃え、壁の二面には四つの窓、本物の油絵をかけ、正真正銘の古いペルシャ絨毯を敷いた部屋の主には、作家は細かいことでごちゃごちゃ言おうとしないはずだ。すばやく室内を観察して、ぼくは机に近づいた。机の奥にいたインホフは座ったまま、手を出そうともしなかった。あの顔つきでは、ウィリアム・シェイクスピアかマーク・トウェインが突然入ってきたとしても、握手をする気分にはならなかっただろう。インホフはぼくにまったく挨拶をしなかった。代わりにぼくを案内してきた若い女性に声をかけた。「行かなくていい、ジュディス。座るんだ。これを見てくれ、グッドウィン」

　ぼくは急いで動いたりしなかった。一度友人に、ぼくの社交マナーは気どった虎とどっこいどっこいだと言われたことがあるが、正解かもしれない。とはいえ、エイミー・ウィンは委員会の一員で、依頼人の六分の一にあたり、知らん顔はまずい。ぼくは、インホフが机に置いている品物を見るより先に、エイミー・ウィンの座っている椅子を振り返り、こんにちはと挨拶した。かろうじてわかる程度に、エイミーは頷いた。で、品物を見た。

　レターサイズの紙だった。一番上の紙には、『幸運がドアを叩く』の題と、その下に『アリス・ポーター作』とあった。右上の隅には、一九五七年六月三日の日付。そのあとの本文はダブルスペース。最後のページの端を持ちあげてみると、二十七ページだった。折り目はなかった。

「神業（バイ・ガッド）か」インホフが言った。

「ちがいますよ」ぼくは言った。「神様（ガッド）にやられたとは思えませんね。たぶん、アリス・ポーターでもないでしょう。どこにあったんです？」

「廊下の奥にある書庫の戸棚だ。『エイミー・ウィン』の名札のついた書類綴りに」

「見つけたのは？」

「ミス・フレイ、わたしの秘書だ」インホフはきれいな若い女性を親指で差した。「ミス・ジュディス・フレイだよ」

「時間は？」

「そちらへ電話する十分ほど前。ミス・ウィンは一緒にこの部屋にいた。先週わたしが送った手紙の内容について二人で話し合っている際、ミス・フレイを呼んで、写しを持ってくるように頼んだんだ。そうしたら、綴りをまるごと持ってきて、なにか入っていると言う。その『なにか』が、これだ。先週の水曜、五日前に用があって見たのが最後だが、そのときには入っていなかったそうだ。きみに訊きたいことがある。今朝、モーティマー・オシンが言ったのを覚えているか？ ケネス・レナートに対する自分と、アリス・ポーターに対するミス・ウィンは、同じ立場だと言った。で、原稿が出てきていないから同じじゃないとわたしが答えたら、『出てくるさ』と断言した。『出てくるかもしれない』じゃなく、『出てくる』だった。覚えているか？」

「ばかばかしい」ぼくは椅子の向きを変えて、腰をおろした。「だれだって口はききますよ。その原稿、どの程度いじりました？」

「たいして。わたしはざっと目を通した。ミス・ウィンも」

「おそらく問題ありません。隠した犯人がだれであっても、きっと指紋のことを聞きかじってるでしょうから。書庫へ入れた人間は？」

「ここにいる全員だ」

「人数は？」

「ここの部署、重役室と編集部に所属するのは三十二名。全体では百人以上だな。ただ、他の部署の人間は絶対に書庫へは入らない」

「でも、入れる？」

「ああ」

「書庫にはいつもだれかいるんですか？　常駐している人は？」

「常駐している人間はいないが、出入りは多い」

「では、外部の人間がちょっと入ることはできた？」

「できたと思う」インホフは身を乗り出した。「いいか、グッドウィン。わたしはきみをすぐにここへ呼んだ。発生直後に。ネロ・ウルフは最高の名探偵だという評判だ、もしくはきみとウルフがそうだ。犯人の男を捕まえてもらいたい、即刻だ。ミス・ウィンがそう望んでいる。わたしも同じだ」

「男、もしくは女」

「わかった。ともかく、急いでほしい。なんてことだ！」インホフは拳で机を叩いた。「このビルの、ここに置くとは！　どんな手を打つつもりなんだ？　わたしになにをしてほしい？」

ぼくは足を組んだ。「話はそう単純じゃありません。ウルフさんにはすでに依頼人がいます。盗作問題合同調査委員会で、あなたと、ミス・ウィンも委員です。ただ、利益相反がありえます。例えば、この件だけを個別に考えてみましょう。一番いい手は、原稿の発見を忘れてしまうことかもしれませんよ。焼くか、ぼくに隠させる。とはいえ、委員会はよしとはしないでしょう。一連の盗作騒動に終止符を打つのに役立つ可能性があるからです、そもそもそれが委員会の望みですので。原稿が見つかったことを知っているのは何人ですか？」

「三人。ミス・ウィン、ミス・フレイ、そしてわたしだ。ああ、きみも。四人だな」

「ミス・フレイはここに来てどれくらい経ちますか？」

「一年ぐらいだ」

「では、人柄をよく知っているわけではありませんね」

「充分知っているよ。前の秘書が結婚で退職する際、ミス・フレイを推薦したんだ」

ぼくはジュディス・フレイを見やり、インホフに視線を戻した。「ミス・フレイに関してあたりまえの質問が二つあります。一つ目。ミス・フレイは自分であの原稿を書類綴りに入れたのか？　二つ目。やらなかったと仮定して、あなたが頼めば原稿の発見を確実に忘れると信頼してもいいのか？　そうでなければ、非常に危険な――」

「わたしじゃありません、グッドウィンさん」ミス・フレイはきれいな力強い声をしていた。「質問された理由は理解できますが、わたしは入れていません。それに、わたしが信頼を裏切るような命令を雇い主から受けた場合には、辞職いたします」

「立派な答えだ」ぼくはインホフに向き直った。「せっかくのお返事なんですが、実際のところぼくは仮定の話をしているだけです。ミス・フレイが他言しないと信頼できるとして、あなたがあの原稿を焼いたら、ぼくはどうなるんです？　ぼくはこの目で見てしまいました。もちろん、ウルフさんに報告します。ウルフさんは依頼人、つまり委員会の利益のために行動しますから、あるいは――」

「焼いたりはしません」エイミー・ウィンが我慢できずに口を挟んだ。鼻がひくひく動いていた。目は赤い。膝に置いた手を、握りしめている。エイミーは続けた。「あの原稿、今まで絶対に見たことはありませんし、見たことをだれも証明できません！　こんなの、嫌です。嫌でたまりません！」

ぼくはエイミーに矛先を変えた。「当然そうでしょうね、ミス・ウィン。それに、アリス・ポーターがうまいことやれば、痛い目に遭うのは結局あなただ。これからどうしたらよいか、ぼくの助言を聞きたいですか？」

「もちろんです」

「これはただの非公式な意見です。ウルフさんに報告したら、変更があるかもしれません。その一、ぼくにその原稿を預けてください。おそらく空振りでしょうが、指紋を調べてみます。ウルフさんは他の原稿とその文章を比較します。その二、この件についてはだれにも言わないように。弁護士はいますか?」

「いません」

「わかりました。その三、アリス・ポーターと連絡をとってはだめです。手紙が来たら、返信しないように。電話がかかってきたら、切るんです。その四、すでに雇われた仕事の一部として、ウルフさんにこの件の対応をさせてください。ウルフさんはここで働いている全員に自分で質問することはできません。ま、そもそもやらないでしょうけど、代わりにやる腕のいい探偵が二人います。インホフさんの協力が前提になりますが」

「協力もなにも」インホフは吐き捨てた。「わたしはミス・ウィンと同じくこの件に巻きこまれている。助言は終わりか?」

「いえ」ぼくはエイミー・ウィンに目を向けたままだった。「その五、これで最後です。モーティマー・オシンの計略が成功する見こみは、少なくとも五分五分だと予想します。ぼくが自分の小説を盗まれた心境を記事にしないかと訊いたときの表情からすると、サイモン・ジェイコブズは自己嫌悪に陥っていると思うんです。ジェイコブズは生活が苦しく、家族がいて、現金を手に入れる必要にせまられ、犯行に手を貸したんでしょう。やらなければよかったと考えていて、肩の荷がおりればきっとほっとするはずです。刑務所に放りこまれる心配をせずに白状できたら、おまけに金も手に入るのなら、ジェイコブズは応じると思います。ただの個人的予想ですが、ぼくは実際にジェイコブズの顔を見てますから。予想があたれば、この事件全体のからくりがかなり見えてくるでしょう。ですから、餌はできるだけおいしくするべきです。二万ドルは一万ドルの二倍おいしい。そこで五番目として、餌は二万ドルにできると、今この場で約束してくれるよう強くお勧めします」

エイミーの鼻がひくひく動いた。「つまり、一万ドルの支払いに同意しろと」

「そのとおりです。仮に、リチャード・エコルズが自分のお役目を承知したとしてですが」

エイミーがインホフを見やる。「そうするべき？」

インホフがぼくに言った。「その件はもっと早い時間に話し合っていた。結論は出ていなくてね。わたしはどちらかと言えば、反対だった。が、今となってはこっちも崖っぷちだ、やられたよ。ぎりぎりの崖っぷちだからな、ヴィクトリー出版は半額を負担すると今約束しよう。五千ドルだ。残り五千ドルはそちらでいいかな、エイミー？」

「はい」エイミーが答えた。「ありがとう、ルーベン」

「礼を言う必要はないよ。言うなら、このわたしの事務室に原稿を仕込んだ悪党にだな。書面にしたほうがいいか？」

「いえ」ぼくは立ちあがった。「戻って、ウルフさんが今の助言を承認するかの確認をします。本人から連絡があるでしょう。つるつるした紙とスタンプ台が必要なんですが。あなたがた三人の指紋が一揃い要ります、そうすれば原稿の指紋から除外できますから。それから大きな封筒を」

普通のスタンプ台で照合可能な指紋を三組採取するにはそれなりに時間がかかり、エレベーターまでインホフじきじきの見送りを受けて引きあげたときは、五時近かった。ぼくは歩いて帰ることに決めた。のろのろ運転のタクシーより数分余計にかかるだけだろうし、ぼくの足は曲げ伸ばしを必要としていた。玄関前の階段をのぼって家に入り、廊下の突きあたりにある厨房に顔を突っこんでフリッツに帰宅を知らせてから、ぼくは事務所へ行った。封筒を机に置いて、戸棚の引き出しからブラシや指紋検出用の粉やその他の道具を出した。法廷で指紋の専門家として認められる資格はないが、私的な目的なら問題ない。

ウルフは六時に植物室からおりてきて、机に向かう途中、ぼくの机の散らかりように気づいて足を止め、追及した。「なにを手に入れてきた？」

ぼくは椅子を回した。「すばらしくおもしろいものですよ。この原稿、アリス・ポーター作、『幸運がドアを叩く』の最初の九ページの処理が終わったところですが、エイミー・ウィンとミス・フレイとインホフ以外に照合可能な指紋はもちろん、何一つ検出できません。慎重に拭きとられたか、手袋をつけたときしか触っていないか、どっちかの見立てが正しいようですね。その場合——」

「どこで手に入れた？」ウルフはぼくのすぐそばで、散らかり放題の机を観察していた。

ぼくは会話も含めて、報告した。ヴィクトリー出版の重役室と編集部には三十二名が所属しているとインホフが言ったところまで話が進むと、ウルフは机に移動して、腰をおろした。最後にぼくは言った。「ミス・ウィンへの助言に変更を加えたいのでしたら、自宅の電話番号を聞いてあります。ぼく自身が説明したように、あれは非公式であなたの承認が必要ですから」

ウルフは唸った。「見事だ。むろんわかっているだろうが、これで話が前進したわけではなく、さらに複雑になっただけかもしれない」

「もちろんです。正体不明のだれかが、どうにかしてあの事務室の鍵を手に入れて、終業後に忍びこみ、エイミー・ウィンの書類綴りに原稿を入れたんです。たぶん、以前エレン・スターデヴァントの机の引き出しやマージョリー・リッピンのトランクに入れたみたいに。一つだけちがうのは、今回は発生直後だってことです。インホフが言ったようにね」

「たしかに発生したばかりだ」ウルフは認めた。「調査の終わった九枚をくれ」

ぼくは持っていって机に戻り、十ページ目にとりかかった。フリッツはブザーに応じてビールを運んできた。ウルフは瓶を開けて、注いだ。十ページ目はなにもなかった。十一ページには隅っこ近くの表裏に一つずつ、役に立たない染みがあっただけだった。十二ページには、ルーベン・インホフのきれいな右親指ときれいでない右人差し指の指紋があった。十三ページを調べているとき、ウルフから声がかかった。「残りを寄こせ」

「まだ三ページしか終わってません。ぼくとしては――」

「全部必要だ。慎重に扱う」

ぼくは気をつけながら原稿をウルフに渡して、厨房へ行き、フリッツの蟹肉詰め小ガモの蒸し焼き（蟹肉、パセリ、パン粉などを詰めた小ガモを焼いてチーズ用ガーゼに塗った小麦粉のペーストに包み、トリュフやスープを加えて蒸し焼きにしたもの）の下ごしらえを眺めた。ウルフが残り十五ページをべたべた触って台無しにするのを、自分の席で見ているのが嫌だったからだ。ウルフが指紋を信じていないわけじゃない。ただ、指紋の検出は単なるお決まりの作業なので、天才がそんなことに気を使うとは思えなかった。とはいえ、厨房に行ってみると、相手が別の天才になっただけだった。鴨肉を包む予定のチーズ用ガーゼに練った小麦粉を塗ろうかとぼくが声をかけたところ、ウルフがいろんな場面で数え切れないくらいぼくに見せた表情そっくりそのままを、フリッツは見せたのだ。ぼくが腰掛けに軽く座って、共同作業の優位性についてフリッツに辛辣な意見をぶつけていると、事務所から怒鳴り声がした。

「アーチー！」

ぼくは戻った。ウルフは椅子の肘掛けに手のひらを置いて、背もたれに体を預けていた。「お呼びですか？」

「まさに事態は複雑になった。あれはアリス・ポーターの作品だった」

「そりゃそうです。一番上にそう書いてありますよ」

「軽口はやめろ。この原稿は他の三つの掌編と同一人物の作だと判明することを、きみは頭から信じていた。わたしも同じだ。同一人物ではなかった。くだらん！」

「ケネス・レナートなら、おやおやって言うところですね。もちろん、自信がある？」

「間違いない」

「アリス・ポーターがこれを書いたってことも？」

「そうだ」

ぼくは自分の椅子まで歩いていって、腰をおろした。「じゃあ、アリスは自分でやってみる気になったんでしょう、それだけのことです。わかりきったことじゃないですか。なんの助けにもなりませんが、邪魔にもなりませんよ。なるんですか？」

「その恐れはある。わたしたちが追っている相手、突きとめて正体を暴かねばならない相手は、この件にかかわっていない可能性がきわめて高くなる。従って、こちらではこの件に時間や労力を無駄遣いしてはならない。ミス・ウィンはわたしたちの依頼人ではない、インホフ氏もだ。二人は委員会の一員にすぎない。喫緊（きっきん）の課題は、サイモン・ジェイコブズに対する餌として一万ドルの提供に同意したとき、二人が誤解していた事実だ。二人は自分たちの一件も同一人物による再犯だと解釈していた。が、そうではなかった。二人にはその点を伝えなければならない。伝えれば、おそらく資金提供は拒否されるだろう」

「そうですね」ぼくは鼻を掻いた。頬も掻いた。「そうですね。そうなるでしょう。あなたは働きすぎです。本の読みすぎですよ。こんな原稿を読んだことを忘れるのは無理なんでしょうね？　二十四時間だけでいいんですが、どうです？」

「だめだ。きみにもできないだろう。すぐに電話で連絡する必要がある。一万ドル程度の少額では、サイモン・ジェイコブズに話を持ちかけるのは問題外なのか？」

ぼくは首を振った。「いいえ、問題外じゃありません。どっちみち一万ドルから切り出すつもりでしたが、増額可能だとわかっていれば、そのほうがありがたいので。五千ドルでも承知するかもしれません。五千からはじめてみます」

「結構だ。ミス・ウィンに電話を。わたしから話してみよう」

ぼくは椅子を回したが、手を伸ばすと同時に電話が鳴りだした。フィリップ・ハーヴェイからだった。ウルフと話したいとのことで、ウルフは受話器をとった。ぼくもそのまま聞いていた。

「はい、ハーヴェイさんですか？　ネロ・ウルフです」

「いい知らせだ、ウルフさん。コーラ・バラッドのおかげですよ。リチャード・エコルズとすっかり話をつけてくれた。代理業者のポール・ノリスと会って、本人とも会ったんだ。わたしも今エコルズ氏と話したばかりだが、すべて片づいた。デクスターさんの弁護士が午前中に必要な書類を作成してくれる。エコルズ氏がサインするものが一枚、タイトル・ハウス用が一枚。どちらも昼には用意ができるだろう。モーティマー・オシンとも話したが、一万ドルは現金で用意したほうがいいのか、支払い保証小切手がいいのかと訊いていた」

「現金のほうがいいでしょう」

「わかった。伝えておきます。エイミー・ウィンはどうでした？　協力するのかな？」

「はっきりしません。事態に動きがありまして。アリス・ポーターの損害賠償請求のもとになる掌編の原稿が、今日の午後ヴィクトリー出版の事務室にある書類綴りから出てきたのです」

「まさか！　そんなことがあるものか！　インホフの事務室から？　なんてことだ！　嘘みたいじゃないか！　じゃあ、エイミーはもちろん協力するな。そうするしかない」

「可能性はあります。こみいった事情がありますし、今は整理がついていませんので、後ほど報告します。いずれにしても、合意した金額の半分だけを即時的に支払い、こちらの期待どおりの協力で残額を後日と持ちかけるのが最善でしょう。ミス・ウィンが資金提供をしないなら、その分をだれかが負担することになります。委員会がうまく計らってくれると思うのですが」

「そう思う。約束はできませんがね」

「約束しろと頼んではいません。ナップ氏、デクスター氏、インホフ氏への交渉は、わたしのほうでやります。おそらく責任逃れはできないでしょう」

「ふん。出版社にどんな責任逃れができるか、知らないんだろう。責任逃れの専門家だ。チャンピオンだよ」

「そういうことなら、彼らの首根っこを押さえるのはなおいっそう満足がいくでしょう。あなたとわたしにとって満足がいく結果になります――仮に必要となった場合ですが。一万ドルで充分かもしれません。わたしは自分の言質には全面的に責任を持つつもりですので」

ウルフは受話器を置いて、ぼくを見た。「ミス・ウィンに電話を」

第八章

翌日の火曜日午後五時半、ぼくは西二十一丁目六三二番地にある安アパートのポーチに入り、サイモン・ジェイコブズの名札そばのボタンを押した。ぼくの胸ポケットには二つの書類が入っていた。一枚にはリチャード・エコルズ、もう一枚にはタイトル・ハウスのトーマス・デクスターの署名がある。どちらも公正証書にしてあった。脇のポケットには二十ドル札、五十ドル札、百ドル札で五千ドルをきれいにひとまとめにした小さな包みが入っていた。追加の五千ドルは包まずに別々のポケットへ振り分けておいた。

ハリケーンがニューヨークに襲来しなかったという事実がなければ、ぼくは二時間早く来られた。ハリケーンより弱いものでは、四時から六時まで植物室で行う午後の蘭の世話をウルフに断念させることはできない。そして、ジェイコブズを釣りあげるのは、ぼくがやってみるのではなく、三十五丁目まで連れてきてからウルフがやるのを眺める手はずに決まっていた。目撃者がいたほうがいいだろうというのが、主な理由だ。ぼくは姿を隠すことになっていた。廊下の突きあたりにあるアルコーブに、ノートを持って張りこむ。事務所側では絵で目隠ししてあるが、そこの壁の穴から室内の様子が見聞きできるのだ。書類と金を持ってきたのは、ジェイコブズを来させるのに言葉では不充分かもしれないと思ったからだ。

支障はなかった。十二時を回った頃、米国作家脚本家連盟の事務局長コーラ・バラッドが自ら文書を持ってやってきた。送るのではなくわざわざ持ってきた理由は、一九三一年に米国作家脚本家連盟に加盟して以来三十年近く付き合いのあるサイモン・ジェイコブズについて、手短に説明しておきたかったからだそうだ。ジェイコブズは昔から少し変わり者ではあったが、いつも正直で誠実だった。ばか正直なほどで、リチャード・エコルズを盗作で訴えたときは、なにかあるのではないかとコーラはかすかな疑いを抱いた。が、連絡をとろうとしても、一切応じてもらえず、コーラは疑いを捨てた。ジェイコブズは気位が高く、繊細で、妻子を愛している。脅したり、追い詰めようとしたりせず、金と公正証書を見せ常識に基づいて説明するにとどめるべきだと、コーラは助言してくれた。どれもこれも、すばらしく役に立ったかもしれない。ジェイコブズが約十四時間前に死んでいたという事実がなければ。

そう、支障はなかった。エイミー・ウィンとルーベン・インホフが餌を増やすという申し出を撤回したのは、支障とはいわない。想定の範囲内だ。ウルフとぼくの昼食中にはお使いが来て、モーティマー・オシンから一万ドルの現金が届いた。

というわけで、五時三十分にぼくはポーチのボタンを押した。鍵のあく音がして、ぼくはドアを開けて入った。ニンニクの臭いには心構えができていて、大きく息を吸って階段へ向かった。皮切りの言葉は、口から出るばかりになっていた。四階まであがって、正面側へ向かうと、前回の訪問ではミセス・ジェイコブズと男の子がドアを開けて待っていた戸口に、またもお迎えがいた。が、今回は以前の二人ではなかった。薄暗い明かりのもと、二歩進んでから気づいた。足が止まった。ぼくらは同時に、同じ言葉を口にした。

「なんでいるんだ！」ぼくらは言った。

理由はわかっていた。ジェーン・オグルヴィの言いぐさじゃないが、事実は認知するのではなく感じるものだ。西署殺人課のパーリー・ステビンズ巡査部長がここにいるのには、一ダースもの理由が考えられるし、そのうちのどれでもおかしくない。子供の一人が轢き逃げされたとか、ジェイコブズが奥さんを殺したとか、家族の一人が別の殺人について聞きこみをされているだけとか。それでも、ぼくにはわかっていた。それしかない。だからこそぼくは言ったのだ。「なんでいるんだ！」

「五分前に来た」パーリーは言った。「いいか、たったの五分だぞ。で、おまえが顔を出すのか。なんなんだ、いったい！」

「こっちはたったの五秒しかここにいない。なのに、あんたがいるときた。ぼくは仕事でサイモン・ジェイコブズという人物に会いにきたんだ。とりついでくれよ」

「どんな仕事だ？」

「内密の話でね」

パーリーは軽く歯がみしていた。「聞け、グッドウィン」パーリーはぼくをアーチーと呼ぶのだが、ちがった状況のときだ。「こっちは職務でここに来た。職務でどこかにいるとき、この世で一番現れてほしくないやつはだれだって訊かれたら、答えはおまえだ。おまえには、どっかに消えて肘でけつを搔けって言いたいとこだ。男の死体が見つかった。他殺だ。身元は割れた。被害者の家に行って事情聴取するってんで、はじめたとたんに呼び鈴が鳴って、戸口に行ったらおまえがいた。で、仕事で会いにきたって言い張るわけだ。おまえが仕事で死体に会いにきたら、次はどうなるかわかってる。こっちは質問してるんだ、なんの用で会いにきた？」

「さっき答えた。内密で、個人的なことだよ」

「ジェイコブズが殺されたと知ったのはいつだ？　どうやって知った？　身元が割れたのはたったの一時間前だぞ」

「今だよ。あんたから聞いた」ぼくは戸口のパーリーに近づいた。「近道をしようじゃないか、巡査部長。遠回りとなれば、あんたがぼくをしばらく怒鳴りつけ、答えないからって頭に血をのぼらせる。それから、歩いてすぐの西署の殺人課までぼくを引っ張っていく。そっちにはそんなことをする権利はないから、今度はぼくが頭に血をのぼらせる。で、クレイマー警視がウルフさんに会いにいく。こんな感じだ。近道は、ぼくにウルフさんへ電話をかけさせて、ジェイコブズへ会いにきた理由を話す許可をとらせることだ。たぶん許可は出る。許可できない理由はないし、ジェイコブズの殺害に関係があるかもしれないからな。よくわかってるだろ、許可がなければ、ぼくはなにもしゃべらない」

「関係があることを認めたな」

「ばかばかしい。あんたは地方検事じゃないし、ここは法廷じゃない。もちろん、ウルフさんは細かい情報をほしがるだろうね。いつ、どんなふうに殺されたかとか、犯人とか。警察が知ってればの話だけど」

パーリーは口を開けたが、閉じた。必要な事実をぼくが握っているときには、腹の上で飛び跳ねて吐かせたいのだろうが、それにはぼくが仰向けに寝転がっている必要がある。

「同席して聞かせてもらう」パーリーは言った。

「もちろん。どうぞ」

「いいだろう。死体は今日の午後二時、ヴァン・コートラント公園の茂みの陰で発見された。道路の端から草地を引きずっていったんだ。おそらく車で運んできたんだろう。広刃の凶器で胸を一突き。凶器は見つかってない。検視官の話じゃ、犯行は午後九時から夜中の十二時までの間らしい。盗られたものはなさそうだ。財布には十八ドル入ってた。この家の電話でウルフにかけていいぞ」

「手がかりは？」

「ない」

「被害者は昨日の夜、何時に、どこへ出かけたんだ？　だれと一緒だった？」

「知らん。奥さんに事情を訊いてるときにおまえが来たんだ。奥さんは知らないって言ってる。電話はジェイコブズの部屋だ、仕事部屋だよ。そこで書いてた。小説をな」

「知ってる。出ていったのは何時だ？」

「八時頃だ。約束があったとしたら電話でしたんだろう、奥さんはなにも知らなかった。ともかく、そう言ってる。ちょうど話を聞きはじめたところだったんだよ。死体の身元確認のあと、死体保管所からここへ連れてきた。ジェイコブズは人と会うので遅くなるかもしれないと言ってたそうだ。それだけだったと。ウルフが胃の内容物を知りたいんなら、待たなくちゃ――」

「ふざけるなよ。電話はどこだ？」

室内に入ると、ステビンズはドアを閉め、先に立って狭い廊下の左側のドアに向かった。小さな部屋で、窓が一つ、タイプライターの載ったテーブルが一つ、本や雑誌の並んだ棚がいくつか、それにたんすがあった。椅子は二脚で、そのうちの一脚に奥さんが座っていた。五日前に会ったときは年寄りではなかったと説明したが、今はそうだった。見てもわからないくらいだった。ぼくらが入っていくと、奥さんの目がこっちを向いた。ぼくに焦点が合うと、奥さんは目を見張って、大声をあげた。

「この人だった！」

「なんのことです？」パーリーがミセス・ジェイコブズに質問した。「こいつを知ってるんですか？」

「見たんです」ミセス・ジェイコブズは立ちあがった。「先週、家に来たんです。グッドウィンっていう名前でした。サイモンはちょっと顔を合わせただけで帰らせて、また来るようなことがあればドアを閉めて追い払えって言ったんです」全身を震わせている。「わかってたんです、あの様子で――」

「落ち着いて、奥さん」パーリーが腕をとった。「このグッドウィンは警察に身元が割れてます。こちらで対処しますから、ご心配なく。その話は後ほど伺います」ミセス・ジェイコブズをそっと連れ出す。「あっちへ行って、しばらく横になっては。なにか飲むといい。お茶かなにか……」

パーリーは奥さんを廊下へ出した。まもなく戻ってきて、ドアを閉め、こちらを向く。「じゃあ、前にここへ来たことがあるんだな」

「ああ。ウルフさんの許可があれば、洗いざらい話す」

「電話はそこだ」

ぼくはテーブルにつき、ダイヤルを回した。五回呼び出し音が鳴ったところで、フリッツが出た。ウルフが屋上で蘭と一緒にいるときは、いつもフリッツが応答する。植物室を呼び出してくれと頼み、しばらく待つとウルフの声がした。「はい？」

「また複雑になったと報告しなければなりません。ここはサイモン・ジェイコブズのアパートで、小説を書くのに使っていた部屋です。ステビンズ巡査部長が一緒です。サイモン・ジェイコブズ殺害事件を捜査しているんです。今日の午後二時、ヴァン・コートラント公園の茂みの陰で死体が発見されました。刺殺です。犯行時刻は昨晩九時から十二時の間。死体は現場まで車で運ばれました。手がかりはありません。なんにもです」

「いい加減にしないか！」

「まったくです。ぼくが到着したとき、ステビンズはここにいました。で、当然事情を知りたがってます。なにか省略したほうがいい話はありますか？」

沈黙。十秒続いた。「ない。省略するほどの話はない」

「わかりました。あのシシカバブを少し残しておいてくれとフリッツに伝えてください。家に着いたときが帰宅時間になります」ぼくは電話を切り、パーリーに告げた。「省略するほどの話はないって言われたよ。こっちから話そうか、それとも、厳しく尋問したいかい？」

「話してみろ」ステビンズはミセス・ジェイコブズの座っていた椅子に腰をおろし、ノートをとり出した。

第九章

タイトル・ハウスのトーマス・デクスターは肩を張り、長い骨張った顎に力をこめた。「そちらがどのような見かたをしても、わたしには関係ありませんよ、ハーヴェイ先生」と切り出す。「自分の見かたは承知していますから。ウルフさん、もしくは他の委員を責めているわけじゃない。いや、自分自身さえ責めてはいない。それでもなお、罪の意識を感じるんです。自分には殺人教唆の罪があると考えている。たしかに故意ではなかったが、なんのための判断力です？　サイモン・ジェイコブズを訴えないというあの同意書にサインしたことで、起こりうる結果を考慮しておくべきだった」

翌日、水曜の昼だった。また委員会の会合かと思われるなら、ぼくとウルフも同じだった。まあ、これは委員会を依頼人にする不都合の一つだ。おまけに、もはや単なる盗作問題合同調査委員会ではなくなってしまっていた。ぼくがステビンズ巡査部長に事情を説明してから二時間と経たないうちに、委員たち全員が市警察の訪問を受けていた。ナップはブリッジをしている最中に邪魔をされた。オシンは〈サーディーズ〉（ブロードウェイにあるレストラン。業界人のカリカチュアが飾ってあることで有名）で夕食をとっているところを見つかった。インホフとエイミー・ウィンは、ヴィクトリー出版の他の重役三人と会議をしているときに呼び出された。デクスターとハーヴェイとコーラ・バラッドは、自宅に押しかけられた。ハーヴェイがみんなからこういった事情を引き出し、ウルフにことの重大さをわからせようとしたのだ。

来たのは十一時だったので、この話を一時間していたことになる。声を荒らげたり、言葉が激しくなったりした場面があり、何一つ全員の意見が一致することはなかった。一つの疑問を例にあげよう。密告を防ぐためにジェイコブズが殺されたという想定を受け入れるか？　ナップとハーヴェイは受け入れない、まったくちがう動機で殺されたかもしれないという意見だった。単なる偶然の可能性もある。デクスターとオシンは受け入れると言った。偶然のせいにして責任を逃れることはできない。インホフとエイミー・ウィンとコーラ・バラッドは態度が決まらなかった。ウルフはその想定を受け入れるか否かは重要ではないと宣言し、議論を終わらせた。警察は、またウルフ自身も、すでにその想定を作業仮説としている。

もちろん、それはさらに核心にせまる疑問につながった。『わたしのものはあなたのもの』を書いてリチャード・エコルズに損害賠償請求をさせた黒幕の名前を白状させないためにジェイコブズが殺されたのだとしたら、殺人犯はジェイコブズの口を割らせようとする計画を知っていたにちがいない。犯人にしゃべったのはだれか？　委員たちを訪ねたときの警官たちの狙いはそこで、ウルフも同じことを知りたがった。なのに、その返事ときたら。

エイミー・ウィンは月曜の夕食の席で男女二人の友人に話していた。コーラ・バラッドは米国作家脚本家連盟の会長と副会長、理事会の二人に話していた。モーティマー・オシンは弁護士と代理業者と演出家と奥さんに話していた。ジェラルド・ナップは弁護士と社員二人に話していた。ルーベン・インホフはヴィクトリー出版の同僚三人に話していた。フィリップ・ハーヴェイはだれにも話していない、と言っていた。トーマス・デクスターは秘書、弁護士、タイトル・ハウスの重役六人に話していた。そういうわけで、委員たちとウルフとぼくを入れて、三十三人の人が知っていた。無理のない仮定として、各自がおもしろい裏話だと平均一人に話していたら、全部で六十六人になる、そこから考えて……あとはご自分でどうぞ。

　話にならない。

　もう一つの疑問。合同調査委員会はこれからどのような行動をとるのか？　ジェラルド・ナップの意見。なにもするべきではない。進展を見守るべきだ。殺人犯は急いでジェイコブズの口をふさぐ必要にせまられていたと警察が考えている以上、だれが問題の掌編を書いて損害賠償を教唆したのかを集中的に捜査するだろう。心苦しい面もいろいろあるだろうが、それは委員会立ち上げの目的の達成を今やニューヨーク市警の巨大な戦力が目指すことを意味する。それに比べれば、委員会の戦力はないに等しい。フィリップ・ハーヴェイも賛成した。九日間で三回も正午前に起きて外出しなければならなかったので、睡眠不足を解消したかったんだろう。エイミー・ウィンは、警察の捜査を見守っても害はないだろうという考えだった。コーラ・バラッドは、この問題を検討するために米国作家脚本家連盟の理事会が特別会議を開くべきだと考えていた。理事会が委員会の設置を認めたのは、盗作の損害賠償請求に対処するためで、殺人に対処するためではないからだ。

　が、トーマス・デクスターとモーティマー・オシンはそれに納得できなかった。ルーベン・インホフもだ。三人ともウルフに捜査の続行を命じるべきだと言い張った。ただ、理由はそれぞれちがっていた。インホフの意見では、警察が盗作の犯人を発見するのにどれくらい時間がかかるかわからないし、仮に見つかったとしても、警察が首を突っこんで世間の評判になるのは出版社と作家双方にとってまずいだろうということだった。オシンの意見はもっと個人的だった。ケネス・レナートを止めるのに役立つだろうと現金で一万ドル提供していたし、委員会の同意があろうとなかろうと、ウルフに捜査を進めさせて目的達成のために金を活用することを望んでいた。トーマス・デクスターの意見は、ハーヴェイへのさっきの発言でわかるだろうが、さらに個人的だった。自分に殺人教唆の罪があると考えていたのだ。どうやら旧式な良心の持ち主らしい。自分の責任を警察におっかぶせることはできないと言いつのり、ウルフが捜査を進めることを望み、労力や費用も惜しまず、請求された金額はいくらでも払うつもりだと言った。『良識の範囲内で』と断りさえしなかった。

デクスターは発言の締めくくりに動議を提出し、委員長が挙手を求めた。すぐに三人の手があがった——デクスター、インホフ、オシンだ。続いて、しかたなさそうにエイミー・ウィンの手もあがった。コーラ・バラッドは、委員ではないので投票できないと言った。ジェラルド・ナップは反対に投票したと記録するようにコーラへ頼んだ。

「委員長が投票可能だったとしても」ハーヴェイは言った。「四対二になる」そして、ウルフに向き直った。「従って、捜査は継続だ。前回進めたときは、一人死ぬことになった。次はどうする?」

「それはあんまりだろ」オシンが言った。「あれはおれの考えだった。投票結果は全会一致だったしな」

ハーヴェイはオシンを無視した。もう一度、ウルフに言う。「次はどうするんだ?」

ウルフは咳払いをし、「わたしはとんでもないばかだ」と答えた。

委員たちは目を見張った。ウルフは頷いた。「第一に、わたしは委員会を依頼者として絶対に受け入れるべきではなかった。言語道断の行為だ。第二に、単なる餌の運び人として行動することに納得するべきではなかった。まぬけな行為だ。わたしの知的能力を鈍らせた。一人の人間を明白な標的にし、すなわちその人物を緊迫した危険に陥れる戦略に加わり、あなたがた全員がその計画を知り、じきに他人も知ることになると承知していながら、わたしは予防措置をとらなかった。馬鹿者だ。ジェイコブズ氏に害の及ぶことがないよう手を打つべきだった。あなたがたの一人が、正体の暴露を依頼された犯人である可能性もおおいにあった」

「そのとおりだ」ハーヴェイが言った。「ようやく調子が出てきたな」

「犯人はあなただった可能性がある、ハーヴェイさん。あなたの一番のベストセラーはわずか千部ずつの九刷だったことを考えれば、誘惑に対して無防備だったにちがいない。従って、わたしには自分が殺人を教唆したというデクスターさんのような罪の意識はないものの、適切に職務を果たすのに失敗したことは痛感しています。わたしの怠慢がなければジェイコブズ氏は生きていたでしょうし、おそらく犯人は判明していたでしょう。わたしとの雇用契約は随意に打ち切り可能なことは了解事項です。今そうなさることをお勧めします」

三人はだめだと言った――オシンとインホフとデクスターだ。残りはなにも言わなかった。ウルフは委員長に声をかけた。「決を採りますか、ハーヴェイさん？」

「いや」ハーヴェイは答えた。「また四対一になる」

「満場一致になりますよ」ジェラルド・ナップが口を挟んだ。「契約を打ち切るべきだとは言っていない」

ウルフは唸った。「結構。お断りしておくべきでしょうが、実際に契約を打ち切られたとしても、わたしは手を引く気はありません。借りは返さなければならない、自分自身に。傷つけてしまった自尊心を癒やすつもりなのです。わたしはサイモン・ジェイコブズを殺した犯人を暴きます。可能であれば警察より先に。それでおそらく、あなたがたの問題も解決するでしょう。いずれにしても捜査をするつもりですが、あなたがたの代理人として行動するのであれば、当方に自由裁量がなければなりません。あなたがたに行動予定を明かすことはありません。オシンさんがしたように、内密の場以外であなたがたの一人が提案をした場合、利点があったとしても採用しません。当方であなたがたの秘密保持をあてにできない以上、わたしをあてにしてもらうしかありません」

「それは勝手すぎるだろう」ナップが言った。

「そうではありません。これは依頼ではなく、単なる通告です。仮にわたしがこれからの行動計画を教えて、別の行動をとったとしても、わたしはやはりあなたがたの代理人です。どんな場合でもわたしの誠意と判断を信用してもらわなくてはなりません。さもなければ、解雇なさい」

「どうでもいいさ」オシンが言った。「あんたはおれの一万ドルを持ってる。どんどん進めて、活用しろよ」腕時計に目をやり、立ちあがる。「約束に遅れる」

委員会は動議もなく、十二時四十八分をもって次回持ち越しとなった。トーマス・デクスターはウルフと少し話すために残った。内密の提案をするためではなく、私的な責任を感じているので必要経費を個人的に負担するつもりだという話を繰り返した。ただし、今回は、『良識の範囲内で』と付け加えた。良心があるのは結構なことだが、やりたい放題にさせておくわけにはいかない。

デクスターが帰ると、ウルフは椅子にもたれて目を閉じた。ぼくは余分な椅子を戻し、思い切り伸びをして、厨房で水を一杯飲んでから、事務所へ戻った。立ったままウルフを見おろす。

「気になっているんですが」と切り出す。「ぼくも含まれるんですか?」

「なににだ?」ウルフは目を開けずに訊き返した。

「締め出しにですよ。あなたが行動予定を教えてくれないなら、ぼくはたいした手伝いはできません」

「くだらん」

「その言葉を聞けて嬉しいですよ。伝えておきたいのですが、ぼくにもちょっとした自尊心がありま す。もちろん、あなたほど立派なものじゃありませんが、対処が必要です。昨日、パーリー・ステビンズに訊かれました。引用します。『そんなお膳立てをしてから今日のこのこやってきて、被害者が無事でいるなんて思ったのはどういうわけだ?』殺人課の刑事に答えられない質問をされたのは、はじめてです。あなたもぼくもばかだったからだって答えたら、やつはその答えをぼくのサイン入りの供述書に入れたがったでしょうね」

ウルフは唸った。まだ目を開けていない。

「で、ぼくたちは捜査を進めるわけですね」ぼくは続けた。「そろそろ昼食です。食事の席で仕事の話は禁止ですし、消化の間あなたは頭脳を休ませたいでしょう。ですから、今指示を出したらどうです? どこから手をつけましょうか?」

「思いつかない」

「作戦を仕入れるのもいい手かもしれませんよ。あなたは警察の先を越すつもりなんですしね。ぼくが委員たちを個別に訪問して、提案を求めたら――」

「うるさい」

というわけで、ぼくらは普通に戻った。

四時にウルフが植物室へあがっていったときも、まだ指示はなかったが、ぼくは苛ついてはいなかった。昼食後の一時間半に、ウルフは読みかけの本に四回手を伸ばし、一段落読んで、また置いてしまった。三回テレビをつけて、消した。机の引き出しに入っているビールの蓋を二度数えた。立ちあがって、大型地球儀まで歩き、十分間地理の研究をした。つまり、ウルフは一生懸命働いているのだ。せっついても、意味はない。

ぼくは時間を潰した。一時間はアリス・ポーターの『幸運がドアを叩く』と、やっぱりアリス・ポーターの『愛しかない』と、サイモン・ジェイコブズの『わたしのものはあなたのもの』のタイプ文字を比べた。どれも同じタイプライターではなかった。パーリー・ステビンズに提出した供述書の写しを読みなおしたが、訂正が必要な箇所は一つも見つからず、書類綴りにしまった。『タイムズ』紙の朝刊で殺人の記事を読みなおした。五時半頃に『ガゼット』紙が届き、それにも目を通した。『タイムズ』では、盗作や米国作家脚本家連盟や米国書籍出版物協会には触れられていなかった。『ガゼット』では、一九五六年にジェイコブズがリチャード・エコルズに対して起こした盗作の訴えに一段落使っていたが、ジェイコブズの死がその一件と関連があるとのほのめかしは一切なかった。ロン・コーエンが電話してこないのはなんでだろうと思っていたら、電話が鳴り、ロンだった。ロンは理屈を並べた。九日前、ぼくはロンに電話して米国作家脚本家連盟と米国書籍出版物協会について尋ねた。月曜の夜に殺害されたサイモン・ジェイコブズは、米国作家脚本家連盟の会員だった。火曜の夜、ぼくはジェイコブズの事件を担当しているステビンズ巡査部長と一緒に二十丁目にある西署殺人課に到着して、四時間滞在した。というわけで、今すぐ説明してもらいたい。なぜ米国作家脚本家連盟についてで尋ねたのか、ウルフの依頼人はだれか、ジェイコブズを殺したのはだれか、その理由はなにか。関連のある詳細も全部。大衆には知る権利がある。ぼくは記事にするのにふさわしい情報が手に入り次第、折り返し電話すると答えた。たぶん二か月以内に。撮ったばかりの光沢仕上げの写真があるから喜んで送る。大衆には見る権利がある。

別の電話もかかってきた。事務局長のコーラ・バラッドからだった。ネロ・ウルフに自由裁量で捜査を進めさせる委員会の決定について、心配しているのだそうだ。私立探偵が自分の現在進行中もしくはこれからの行動を集団相手に事細かく説明できない実情は重々承知しているが、委員会には殺人の捜査で探偵を雇う権限はない。当然ながら自分は心配している。急に米国作家脚本家連盟の理事会に大人数を出席させるのは簡単ではないだろうが、来週の月曜か火曜にはきっとなんとかできるだろう。それまで重大な行動をとらないようウルフさんに頼んでもらえますか？　ウルフさんが捜査を進めて思い切った手段に出れば、権限なしに行動していることになりかねない。その点を承知しておいてもらう必要があると思う。ぼくは自分もそう思うので必ずウルフに伝えると話した。丁寧に応対してより早く会話を終わらせられるのなら、無作法な態度をとっても意味はない。

ぼくが六時のニュースを聞こうとラジオをつけたら、ウルフが植物室からおりてきた。ウルフは一連なりのファレノプシス・アフロディーテの花を手にしていた。棚から花瓶を出し、水を入れるために厨房まで往復し、生けて机の上に置いた。ウルフが事務所周辺で行う重労働といったら、これしかない。ニュースが終わってコマーシャルになり、ぼくはラジオを切って声をかけた。「まだ盗作やぼくらの依頼人やあなたの話は一つも報道されていません。警察がなにか前進したのなら、手の内を明かさない気だと――」

玄関のベルが鳴った。ぼくは廊下に出てマジックミラーを確認した。一目で充分だった。振り返って、ウルフに告げる。「クレイマーです」

ウルフは顔をしかめた。「一人か？」

「はい」

ウルフは一つ深呼吸をした。「通せ」

第十章

西署殺人課のクレイマー警視は、他のどの三人を合わせたよりも、一番数多く、一番長く、ウルフの机の端に向かい合う赤革の椅子に座ってきた。占領するといってもいいくらいだ。どんなふうに座るかは、状況による。背を預けて足を組み、ゆったりとくつろいでビールのグラスを手にしているところを、ぼくは見てきた。巨大な尻を椅子の端に引っかけただけで、顎に力をこめて唇を引き結び、大きな赤ら顔を三段階赤くして、灰色の目をかっと見開いているところも、見てきた。

その日は中間だった、少なくとも出だしは。ウルフのビールの勧めは断ったが、ゆったりと腰をおろした。どこかに行く途中でちょっと顔を出しただけだと言う。つまり、電話ではらちがあかないとよくよく承知しているなにかを手に入れたいのだ。ウルフは寄ってくれて嬉しいと言った。つまり、「なにがほしいんだ?」と訊いているのだ。クレイマーはポケットから葉巻をとり出した。つまり、狙いのものを手に入れるのに二分以上かかると見積もっているのだ。

「例のジェイコブズの事件はめちゃくちゃだ、おれの目がたしかならな」クレイマーは切り出した。

ウルフは頷いた。「まさにそのとおり」

「事件についてだが、一つ前代未聞の話を聞いたぞ。ステビンズ巡査部長があんたとグッドウィンを褒めてたんだ。あんたみたいに賢かったら、ジェイコブズを買収しようっていうあんな計画を立てるはずがないってな。悪党どもがみんな計画を知ってたわけだし、どんな結果を招く可能性があるか、ちゃんと把握していないなんてありえないとさ。結果を予想していたんじゃないかとまで言ってたが、もちろんそれは考えすぎだ。あんたが殺人を黙認するとは思えない」

「ステビンズ巡査部長によろしく伝えてください」ウルフは答えた。「褒め言葉に対する礼も」

「いいとも。言うことはそれだけか?」

ウルフは平手で机を叩いた。「なにを言えると思っているんだ? ここに来たのは、わたしが愚かな失態を演じたことを無理に自認させて喜ぶためか? お望みどおりにしよう。わたしは失態を演じた。他には?」

「あんたは愚かじゃない」クレイマーは葉巻を振って片づけた。「わかった。その話はもうやめとこう。それも悪くない。おれが引っかかってるのは、事件の推理、警察の捜査方針が、あんたらが知っていてこっちが知らないことを下敷きにしてるってところだ。グッドウィンの供述調書を三回読んだ。そいつによれば、例の三つの掌編はすべて同一人物の作で、書いたのはアリス・ポーターでもサイモン・ジェイコブズでもジェーン・オグルヴィでもないって、あんたは判断したそうだな。間違いないか?」

「間違いない」

「で、その判断の根拠は、連中二人の本とジェーン・オグルヴィが法廷でした証言の記録を、掌編と比べたからだそうだな」

「そうです」

「なら、こっちでも確認したい。あんたが賢いっていうステビンズ巡査部長の意見には賛成だ、知れたことだからな。ただ、すべての捜査がその見立てに基づくことになる。当然、こっちも確認したいんだ。全部ここに置いてあるんだろう――原稿と証言記録と本だ。それが必要だ。おれ自身は文章の専門家じゃないが、知り合いがいる。今の推理が正しいとなりゃ、資料は遅かれ早かれ証拠として必要になるだろう。持ってるんだろ？」

ウルフは頷いた。「手元に置いておくつもりです」

クレイマーは唇の間に葉巻を突っこみ、歯でがっちり挟んだ。クレイマーが葉巻に火をつけたところを、ぼくは何年も前に一度しか見たことがない。葉巻には特別な機能がある。噛みしめていれば、舌の先まで出かかった言葉を口にできないという役目と、その言葉をのみこんで変更する時間を稼げるという役目だ。クレイマーは五秒で葉巻をはずして、言った。「そりゃ筋が通らない」

「クレイマー警視」ウルフが言った。「できることなら、くだらない口論はやめましょう。本はわたしのものです。他のどこでも同じものを手に入れられます。証言記録と掌編の原稿は他人のもので、わたしの管理下にあります。持ち主が求めた場合だけ、引き渡します。それらが重要な証拠であると証明することによってのみ、裁判所命令で手に入れられますが、今の状況では可能とは思えませんな。やってみることはできますが」

「あんたは何様の――」クレイマーは葉巻を口に突っこみ、噛みしめた。四秒後、はずす。「聞け、ウルフ。質問にただ答えろ。あんたとグッドウィンが宣誓もせずに言ったことを完全なよりどころにする推理に基づいて殺人事件の捜査を進めたとしたら、おれは能なしってことになるだろう？」

ウルフの口の片端がわずかに引きつった。ウルフ流の微笑みだ。「なりますな」ウルフは答えた。「それは認めざるをえない。おそらく、この難局は解決できるでしょう。取引を一つ。わたしが入手

したい情報を、あなたはこの二十四時間で間違いなく手に入れているはずだ。情報を提供してくださ
い。そうすれば、あなたがここまで手に入れにきた品を貸します。二十四時間以内に無傷で返却する
という同意書にサインするならね」
「手に入れた情報を全部話すとなると、一晩かかるぞ」
「全部は必要ない。三十分で大丈夫でしょう。たぶん、もう少し短い時間で」
クレイマーはウルフを見据えた。「四十八時間」
ウルフの肩が八分の一インチあがって、戻った。「言い争うつもりはありません。結構、四十八時
間で。一つ目かつ一番重要な情報を。現在の推理に矛盾する事実をなにか発見しましたか?」
「いや」
「他の推理を示すものを発見しましたか?」
「いや」
「現在の推理を裏書きするものを発見しましたか?」
「例の委員たちがグッドウィンの供述を裏付けただけだな。それじゃ、あんたが問題の原稿を読んで
出した結論が正しいって証明にはならない。だから、原稿が必要なんだよ。未亡人はその件について
なにも知らない、当人はそう言ってる。ジェイコブズに敵は一人もいなかった、とも言ってる。殺す
理由を持つ人間がいたはずがない、いるとしたら一人、先週の木曜日に会いにきたグッドウィンって
名前の男だそうだ。また来たら追い返せって、夫が言ってたからってな。月曜の夜九時から十一時ま
でどこにいたのか、グッドウィンにはまだ訊いていない」
「警察の寛大さに、グッドウィン君は感謝の念を抱いているでしょうな。ステビンズ巡査部長は、九

時から十二時の間だとグッドウィン君に話したそうですが」

「それは見こみの話だ。胃の内容物で少し狭まった。九時から十一時だ」

「結構。グッドウィン君はここで、わたしと一緒にいました。もちろん、ジェイコブズ氏を抱きこむ計画を何人が知っていたかは調べをつけた、あるいはつけようとしたでしょうね。何人でしたか？」

「これまでのところ、四十七人だ」

「全員から事情聴取をしたんですか？」

「市外の二人を除いた全員だ」

「要注意人物はいましたか？」

「今の推理に基づいている限りは、全員がそうだ。特別なやつはいない。手がかりになりそうなものは、なにも見つけていない」

ウルフは唸った。「わたしの結論を確認したいのも不思議はないですな。基礎的捜査はどうでした？　まだ死体は車で現場まで運ばれたと考えられているのですか？」

「そうだ。じゃなきゃ、ヘリコプターか手押し車か」

ウルフはまた唸った。「クレイマー警視、あなたは切れ者で結論に飛びついたりはしないと承知しています。百の質問を一つにまとめます。現場検証、死体と衣服の調査、聞きこみでなにか役に立つ手がかりを発見しましたか？」

「ああ。ナイフの刃は幅一インチ、長さは最低でも五インチだ。おそらく争ってはいない。被害者の死亡時刻は月曜の午後九時から十一時の間だ」

「それだけ？」

「話す価値がある情報はない。議論するようなのもないな」

「もちろん、アリス・ポーター、サイモン・ジェイコブズ、ジェーン・オグルヴィへの和解金の支払いについて調べたでしょう。わたしたちの推理が合っていれば、支払い金のうち相当な額が最終的に別の人物に渡った」

「当然調べた」

「で、だれでした？」

「記録がない。どの場合も和解金の小切手は銀行に預け入れられて、大きな額が現金で引き出されてる。まだ調べてるが、だめそうだ」

「先ほどミセス・ジェイコブズの話をしているときに、『当人はそう言ってる』と言いましたね。不誠実だと睨んでいるのですか？」

「いや。シロだと思うね」

「それでもなお、夫が月曜の夜出かけたとき、どこに、だれと会いにいったのか、奥さんには見当もつかない？」

「そうだ」

「ジェイコブズ氏の持ち物で、死体から見つからなかったものはありますか？」

「あったとしても、奥さんは知らなかったな」

ウルフは目を閉じた。ややあって、開ける。「驚異的ですな」ウルフは言った。「有能な捜査専門の刑事の大群が一昼夜で集められた結果が、こんなに少ないとは。他意はありませんよ。砂漠でスモモを収穫することはできませんから。アーチー、写し二枚でタイプを頼む。『わたしは個人的貸与としてネロ・ウルフから（品物の表記）をまさに受領しました。上記の品すべてを一九五九年五月二十九日金曜日午後七時までに、ネロ・ウルフへ完全な状態で返却することを確約します』原稿類は包みにしてくれ」

「一つ言っておきたい」クレイマーが口を挟んだ。そばにある小テーブルの灰皿へ葉巻を置く。「あんたには依頼人がいるな。例の委員会だが」

「そのとおりです」

「いいさ、それはあんたの仕事だ。おれの仕事は警察官として殺人事件を捜査することだ。あんたの質問に答えたのは、こっちが必要なものをあんたが手に入れていて、取引したからだ。だからといって、あんたがおれの仕事に首を突っこんでくるのを認めてるわけじゃない。前にも言ったが、改めて言っておく。足下に気をつけろよ。いつか片足をなくす羽目になるぞ。そのときにおれが気にかけると思ったら大間違いだ」

「結構だ」ウルフはクレイマーを睨んだ。「約束します、クレイマー警視。自分の行動を正当化するためにあなたの助け船を乞うことは決してない。依頼人との契約は、詐欺師を捕まえることだ。犯人は殺人犯でもあるようなので、その場合はあなたの要求が優先する。犯人を捕まえたときには、心に留めておくようにします。詐欺師の正体を暴くわたしの権利に、異議はないのでしょうね？」

　このあとの話し合いは、やや個人的になった。ぼくは受領書兼確約書のタイプ、原稿や本を集めて包みにする作業で忙しく、全部は聞いていられなかった。ぼくが紐を結んでいるとき、突然クレイマーが受領書の一覧と現物を確認したいと言い出し、包みを開けなければならなくなった。そのうえ、クレイマーは原稿の指紋についての確認も思いついた。このふるまいでクレイマーの警視としての資質を判断してはいけない。ウルフはいつもそんなふうにクレイマーの心を乱す。ハンデがあるのだ。

クレイマーを送り出して事務所に戻ると、夕飯まで三十分しかなかった。ウルフは委員たちの作品ではない本を開いて、顔をしかめていた。なので、ぼくは散歩に出かけた。ウルフの頭は座っているときに働きがよくなるが、ぼくは立っているときなのだ。だからといって、自分とウルフの頭の出来を比べるつもりはさらさらないが、一つや二つは確実にぼくのほうが——まあ、いいや。

夕食後に事務所に戻ってコーヒーをすませたぼくは、職務がなければ個人的な用事を足すために出かけると礼儀正しく声をかけた。ウルフは急ぎの用事かと尋ね、ぼくはそうではないが目の前にやることがないなら用足しも悪くないと答えた。

「ああ言えばこう言う」ウルフは怒鳴った。「きみにはなにか提案があるのか?」

「ありません。気に入るものは一つも」

「わたしもだ。こんな状況に陥ったことはこれまでになかった。動機を探求することはできない。判明しているのだから。罠をしかけることはできない。どこにしかけるのだ? 関係者に質問することはできない。だれに、なにを訊くのだ? クレイマー警視の部下がすでに会って、また会いにいくはずの四十七人か? くだらん。一人五時間かければ、一日十時間で三週間以上かかる。月曜日、あのけしからん委員会にもはやわたしの仕事の範疇ではないと宣言しておきながら、愚かにもオシン氏の提案した計画を進めることに同意したが、今もほぼ同じくひどい状態だ。あの計画は適切な予防措置を講じていれば成功した可能性があったことは認める。ただ、結果的にサイモン・ジェイコブズは死んだ。提案がほしい」

「はあ。ぼくが散歩にいったとき、考えたいからだってわかってましたよね。考えてみました。戻ったときのぼくの顔で、空振りだったってわかりましたよね、ぼくにはあなたも同じだったとわかりました。ぼくにできる一番の手は、考えるのはあなたの担当だと思い出させることです。あなたにうるさく言ってはいませんよ？　それが秘訣だってことは嫌っていうほど知ってますから」

「では、わたしから提案だ。気に入らないが、行動するか降伏するかしかない。月曜日、きみはオシン氏に、ジェーン・オグルヴィは餌に食指を動かすかもしれないし、一蹴するかもしれないと話していたな。オシン氏の一万ドルと、必要な資金を提供するというデクスター氏の申し出もある。やってみる価値はあるかもしれない」

「たしかに」ぼくは認めた。「会ってからのお楽しみですね」

「会うつもりはない。それはきみの仕事だ。若い美人との交渉にかけては、きみは達人だが、わたしはちがう。もちろん、きみはかなり不利な立場だろう。サイモン・ジェイコブズに対しては、リチャード・エコルズ氏とタイトル・ハウスの告訴もしなければ弁済も求めないという同意書があった。その餌をジェーン・オグルヴィに用いることはできない。裁判で勝訴しているし、そもそも無理だと思うが、マージョリー・リッピンの相続人と出版元のナーム・アンド・サン社から同じような同意書を入手できたとしても、わたしたちの計画はまた大勢に知られてしまう」

「だとしたら、受け入れが難しい提案じゃありませんか」

ウルフは頷いた。「だが、先がある。裁判でのジェーン・オグルヴィの証言ときみが会ったときの報告から、その女は頭のネジが緩んでいると思われる。従って、予想がつかない。他の働きかけでうまくいくかもしれない。感受性に訴えてみろ。状況を開示しろ、全部だ。マージョリー・リッピンに対する損害賠償請求が正体不明の人物、Xの教唆だったことを知っている理由を説明するんだ。その

Xが正体の暴露の恐れを身近に感じて、サイモン・ジェイコブズを殺したことを話せ。未亡人と子供たちの悲嘆と窮状を詳しく言い聞かせろ。遺族に会わせて話をさせるのもいいかもしれない。死体の写真は手に入れられるか?」

「たぶん。ロン・コーエンから」

「それを見せろ。できれば、顔が写っているものを手に入れるんだ。死に化粧を施される前の遺体の顔は、ただの服の山よりはるかに強烈だ。情で動かすことができなければ、恐怖をかきたてればいいだろう。当人が危険にさらされている。Xはミス・オグルヴィも始末しなければならないと判断するかもしれない。マージョリー・リッピンに対する詐欺でXと共謀したという証拠や詳細の入手を試みるのは、おそらく戦略的に間違いだ。そうすれば、怖じ気づいて逃げを打つだろう。本当に必要なのは、黒幕の名前だけだ。それさえわかれば、犯人はおしまいだ。きみの意見を聞きたい」

ぼくは時計にちらりと目をやった。九時十分。「ロンを見つけるのに、少し手間取るかもしれません。七時を過ぎると、どこにいるかわからないんです。写真は役に立つでしょうね」

「やってみる価値はあると思うか?」

「もちろんです。うまくいくかもしれません。なにか試してみなきゃいけませんし」

「たしかに。では、明朝、できるだけ早い時間にしてくれ」

ぼくは電話に向き直り、ロン・コーエンの追跡にとりかかった。

第十一章

木曜の朝九時四十五分、ぼくはリバーデールのハッドン・プレイス七八番地の正面でヘロンのセダンのブレーキをかけた。たぶん『できるだけ早い時間』ではないだろうが、ジェーンが朝食をとる前に渡りあいたくなかった。そのうえ、九時になってロンが『ガゼット』に出社するまで写真を手に入れられなかった。じきにわかったことだが、どっちみちたいした問題ではなかった。ジェーンは十二時間ぐらい前に死んでいたのだから。

晴れた気持ちのいい朝だったら、ぼくは家の横手へ回って、前にジェーンを見つけたテラスを覗いてみたかもしれないが、雲が多くて薄ら寒い日だったので、小道を進んで玄関の呼び鈴を押した。ドアを開けたのは、アメリカ愛国婦人会（独立革命の精神を伝える保守的な婦人団体）の会員みたいな女性だった。身長が高くて、背筋はまっすぐ、がっしりした顎。黒いボタンつきの灰色のワンピースを着ている。母親だ、間違いない。その献身的な愛で、ジェーンはかつて呼吸困難になったそうだが、たぶん今もそうだろう。

「おはようございます」女性は挨拶した。

「おはようございます」ぼくは応じた。「アーチー・グッドウィンといいます。ミセス・オグルヴィですか？」

「そうです」

「娘さん、ミス・ジェーン・オグルヴィに会いたいのですが」

「お知り合いですか?」

「会ったことがあります。名前は知らないかもしれません」

「娘は『修道院』におります」

なんてことだ、ぼくは思った。修道女になってしまったのか。「修道院ですって?」とオウム返しに言った。

「そうです。まだ起きていないかもしれません。家の左側へ回って、テラスから茂みの間の小道を進んでください」ミセス・オグルヴィはさがって、ドアを閉めていた。

ぼくは指示に従った。ジェーンに修道院があることはわかっていたような気がした。目には見えなくても感じられる修道院だ。家を回りこんでテラスに向かった。人の気配はなく、ぼくは茂みの間に消えていく砂利敷きの小道を進んだ。低木が屋根を作るように枝を伸ばしているなかを曲がりくねりしながらしばらく進み、茂みを抜けると、まっすぐな道が二本の大きな楓の間を抜け、その先の小さな建物のドアへと続いていた。灰色の石造りの平屋で傾斜屋根、ドアの両脇にある窓にはカーテンがかかっていた。ドアまで行って、ノッカーを鳴らした。大きな花の形の青銅製で、中央に赤い瑪瑙(めのう)がはめてあった。反応はなく、もう一度鳴らしてみた。二十秒待って、ノブを回してみると、鍵はかかっていなかった。二インチほど開けて、隙間から声をかけた。「ミス・オグルヴィ!」返事はなかった。ぼくはドアを大きく開けて、室内に入った。

家具のきちんと揃った立派な修道院だった。一見の価値があるものはたくさんあったのだろうが、ぼくの注意は即座に部屋の占有者にひきつけられてしまった。ジェーンは特大の長椅子の前の床に仰向けで倒れていた。青い服を着ていて、ぼくならスモックと呼ぶところだが、きっとジェーンには別の呼びかたがあっただろう。片足が少し曲がっていたが、反対はまっすぐ伸びていた。近づいて、しゃがんで手をとったが、腕はすっかり硬直していた。片足も持ちあげてみた。靴下ははいていたが、靴はない。足も硬直していた。死んでから最低でも六時間、ほぼ確実にそれ以上経過している。

スモックの心臓の高さに裂け目があり、周囲に赤黒い染みがあったが、それほど大きくはなかった。ファスナーを開けて服の下を確認しようと、手を伸ばしかけた。が、戻した。検死官に任せよう。ぼくは体を起こして周囲に目を向けた。争いや、荒らされた形跡はなかった。引き出しは開いていないし、ものが散乱していたりもしない。すべてがあるべき形のままで、例外はジェーンが死んでいることだけだった。

ぼくは思いの丈を声に出した。「くそ!」

壁際のテーブルに電話があり、ぼくはそっちへ行き、ハンカチを使って受話器をとりあげ、耳にあてた。発信音が聞こえた。内線電話という可能性もあるが、たぶんちがうだろう。ダイヤルに書いてある番号は、電話帳にオグルヴィで出ていた番号とはちがった。ぼくは電話をかけてフリッツをつかまえ、植物室を呼び出してくれと頼んだ。

ウルフの声がした。「はい?」

ぼくは謝った。「蘭と屋上にいるときに何度も邪魔をしてすみません。ですが、また予想外の障害にぶちあたりまして。ぼくは、ジェーンが『修道院』と呼んでいた、オグルヴィ家の敷地の裏手にある家のなかです。床にジェーンの死体があります。胸を刺されてます。少なくとも死後六時間、たぶんもっとでしょう。母屋で母親に、ここにいるがまだ起きていないかもしれないと言われ、一人で来ました。ノッカーとドアノブ以外には手を触れていません。新しい指示があるから急いで家に帰ってきてほしいのなら、大丈夫です。何度かノックしたけれども、返事がなかったので帰ったということに。母屋に寄って、ミセス・オグルヴィにそう説明できますが」

ウルフは唸った。「昨夜きみが向かっていれば」

「そうですね、もしかしたら。殺されたのは、ぼくがロン・コーエンの追跡にとりかかった頃だと思いますが。引きあげるなら、さっさと引きあげるべきです」

「なぜ引きあげる？　いったいどこに、新しい指示があると言うんだ？」

「状況について話し合いたいかもしれないと思ったもので」

「くだらん。話し合ったところでなんの足しにもならない」

「では、残ります」

「わかった」

ウルフは電話を切った。ぼくは受話器を戻し、三十秒ほど考えた。玄関に歩いていって外に出ると、ドアを閉め、ハンカチでノブを拭い、小道を通って母屋に戻り、正面玄関へ回って、呼び鈴を押した。また献身的な母親がドアを開けた。

「二度もお呼びしてすみません」ぼくは言った。「ですが、一応お知らせしておくべきかなと思いまして。ミス・オグルヴィはあの家にいないようです。何度か、大きな音でノッカーを鳴らしたんですが、返事がありません」

ミセス・オグルヴィに心配する様子はなかった。「あちらにいるはずです。朝、食事に来ていませんから」

「思い切りノッカーを鳴らしたんですが」

「では、どこかへ出かけたんでしょう。『修道院』の裏に小道があって、そこに自分の車を駐めていますので」

「朝食抜きで出かけた？」

「そうかもしれません。一度もそんなことはありませんでしたが、ないとは言えません」

ぼくは一か八かの賭けに出た。Xがジェーンの車で逃げた可能性はきわめて低い。「車種は？」

「ジャガー」

「それはありました。ちょっと回ってみたときに、見たんです。ご自分で来て確認するべきだと思いますよ、ミセス・オグルヴィ。娘さんは発作かなにか起こしたのかもしれない」

「ジェーンには発作なんてありません。あの『修道院』へは一度も行ったことがないんです」ミセス・オグルヴィは唇を引き結んだ。「でも、きっと行くべきだと――わかりました。一緒に来てください」

ミセス・オグルヴィは敷居をまたいでドアを閉め、ぼくは脇に寄って道を譲った。女軍曹のような足取りでテラスに回り、そこを通過して小道を進んでいく。『修道院』のドアの前まで来てノブを握ろうとしたが、気を変えて、上にあるノッカーへ手をかけた。間隔を開けて三度鳴らし、振り返ってぼくを見てから、ノブを握ってドアを開け、なかへ入った。ぼくも続いた。三歩でミセス・オグルヴィは気づいて、足を止めた。ぼくは口のなかでなにか言うと、母親の横を抜けて進み、しゃがんで死体の腕を触った。スモックのファスナーをさげ、開けて観察した。

ぼくは立ちあがった。母親は口元以外は動いていなかった。「亡くなってます」ぼくは告げた。「胸を刺されたんです。亡くなってからかなり時間が経っています」

「じゃあ、自殺したのね」ミセス・オグルヴィは言った。

「ちがいます。だれかにやられたんです。刃物がありませんから」

「体の下です。どこかにあります」

「そうじゃありません。自分でやって、息のある間に刃物を抜いたのなら、大量の出血があるはずです。血はほとんど出ていません。心臓が停止したあとに刃物を抜いたんです」

「ずいぶんよくご存じなのですね」

「それだけはわかります。ご自分で警察を呼びますか、それともぼくがやりましょうか?」

「自殺です」

「いえ。そうじゃありません」

「あなた、だれなんですか?」

「名前はアーチー・グッドウィン。私立探偵です。暴行死に対しては多少経験があります」

「娘は殺されたと言うのですか?」

「そうです」

「たしかですか?」

「はい」

「ああ、神様」ミセス・オグルヴィは顔の向きを変え、椅子を見つけると、近づいて腰をおろした。うなだれかけたが、はっとして肩を引いた。「では、あなたは警察を呼ばなければならないのですか?」

「そのとおりです」ぼくはミセス・オグルヴィの正面へ移動した。「電話である程度の情報を提供できれば、役に立つかもしれません。少し質問に答えられますか?」

「答える気になれば」

「娘さんを最後に見たのはいつですか?」

「昨夜、ここに来るために母屋を出たときです」

「時間は?」

「夕食の直後でした。八時半――少し過ぎていました」

「だれか一緒でしたか?」

「いいえ」

「娘さんはいつもここで休んでいたんですか?」

「いつもではありません。よくそうしていましたが。母屋にはジェーンの部屋があります」

「夕食にお客はいましたか?」

「いいえ。夫とわたし、それに娘だけです」

「来客の予定は?」

「わたしの知っている限りではありません。でも、わからなかったでしょう。ほとんどわかりませんでしたから」

「昨日お嬢さんに手紙か電話があったかどうかは、ご存じないんですね?」

「はい。わからなかったでしょう」

「昨日の夜、娘さんが母屋を出てから、だれか会いにきましたか? じゃなければ、電話をかけてきた人は？」

「いません。母屋ではなにも。だれかが直接来たかもしれません」

「来たんです。でも、どうやって？　裏の小道を通ってですか？」

「そうです。あそこはだれでも通れる道です。ディッパー・レーン。お名前を忘れてしまいました。なんとおっしゃいましたか？」

「グッドウィン。アーチー・グッドウィンです。昨日の夜、あの道を通る車の音を聞きましたか？ここに停まるか、ここから走っていく音を？」

「いいえ」突然、ミセス・オグルヴィは椅子から立ちあがった。「夫に電話します。警察が来たとき、立ち会うべきです。どれくらいで警察は到着しますか？」

「十分。たぶんもっと早く。娘さんを殺した犯人に心あたりは？　一つもありませんか？」

「ありません」ミセス・オグルヴィは背を向けて、軍曹のような大股の足取りのまま、出ていった。

ぼくは電話に近づき、ハンカチを使って受話器をとりあげ、ダイヤルを回した。

第十二章

その日の昼食、ハンバーガー二個とミルク一杯を、ぼくはブロンクス地方検事局で食べた。初対面のハロランという地方検事補の事務室だった。その日の夕食、コンビーフのサンドイッチ二切れと紙コップの生ぬるいコーヒーを夕食と呼べるのなら、ぼくはニューヨーク郡の地方検事局で食べた。他の事件でいろいろと接触があってよく知っている、マンデルバウムという地方検事補の事務室だった。西三十五丁目の古い褐色砂岩の家にようやく帰りついたときは、十時になろうとしていた。フリッツは食べられるからと言って仔羊のミートローフを温めようとしてくれた。でも、ぼくは疲れすぎていて食べられない、あとで軽食をちょっと口にするかもしれないと答えた。

ウルフへの報告が終わったのは、十一時近くだった。実を言うと、ミセス・オグルヴィが『修道院』を出て、ぼくがSP七の三一〇〇に通報したときから、知識はろくに増えていなかった。それでも、溺れそうなウルフはつかむための藁を見つけようとした。ぼくの手持ちすべて、今日一日の十二時間に見聞きしたもの全部を、ウルフは知りたがった。ハロランは事件の背景についてはなにも知らなかったのに、ブロンクス地方検事局での討論まで報告に含めるよう命じた。ミセス・オグルヴィとの会話は三回繰り返させた。ウルフがなにかをぼくに一回繰り返させることもごく珍しいのに。もちろんウルフは必死だった。質問することがなくなっても、まだ訊いてきた。ぼくの結論を知りたがったのだ。

ぼくは首を振った。「結論を出すのはあなたですよ。ぼくは感想を持つだけです。ぼくの感想では、事件から手を引いたほうがいいかもしれません。ぼくの感想では、今回の犯人はすばやすぎるうえに、抜け目がなさすぎです。ぼくの感想では、サイモン・ジェイコブズの事件でも、ジェーン・オグルヴィの事件でも、警察に手がかりをかけらも残していません。ぼくの感想では、犯人はぼくらに対していつも一歩先を行っていて、このまま逃げ切るつもりです。ぼくの感想では、アリス・ポーターとの接触のしかたをよく考えたほうがいいでしょう。そうすれば、他の二人のときより少しは早く到着できますよ——そうですね、死んでから一、二時間しか経ってない状態で」

ウルフは唸った。「ミス・ポーターについてはもう考えた」

「それはよかった。だったら、まだ体温が残ってるかもしれません」

「手も打った。ソールとフレッドとオリーが監視している。それから、ミス・ボナーと被雇用者の探偵、ミス・コルベットだ」

ぼくは両眉をあげた。「ほんとですか。いつから?」

「今朝きみが電話してきたすぐあとだ。今はオリーがいて、四時から家が見える場所に身を隠している。車も近くにあって、やはり隠してある。ミス・コルベットはレンタカーで、未舗装路と舗装路の交差点近くに待機している。午前零時にはソールがオリーと交代し、ミス・コルベットは帰る。フレッドとミス・ボナーが午前八時に引き継ぐ。ミス・コルベットからの七時半の電話では、アリス・ポーターは家にいて、客は来ていない」

ぼくの両眉はあがったままだった。「あなたが考えるときはちゃんと考えていると認めなきゃいけませんね。ただ、その調子だと、オシンの一万ドルはそう持ちませんよ。無駄遣いだとは言いません。ですが、覚えていますよね。四人のうちだれをあたってみるべきかとオシンに訊かれたとき、アリス・ポーターはエイミー・ウィンに賠償金を求めたばかりでせしめる気でいるから取引を受け入れないだろうと、ぼくは答えました。だいたい、ぼくが接触したらどんな反応を示されたか、知ってるでしょう」

ウルフは頷いた。「だが、それは原稿が見つかる前の話で、その原稿を書いたのは他の掌編を書いた人物ではなくミス・ポーターだということを、わたしたちは把握した。犯人はそのことを知っているかもしれないし、知らないかもしれない。おそらく、知っているだろう。どのみち、ミス・ポーターがわたしたちの提供できるどんな誘いも一顧だにしない可能性が高いとしたところで、犯人はそう考えないかもしれない。犯人の男は大胆かつ冷酷で、今やなにをしてもおかしくない。ジェーン・オグルヴィと同程度の大きな脅威だとみなせば、躊躇しないだろう。ソールとフレッドとオリー、ミス・ボナーとミス・コルベットには、充分な指示を与えてある。アリス・ポーターに近づくものは、だれでも容疑者だ。可能であれば襲撃前に止めるべきだが、襲撃の意図が明らかになるまではもちろん誰何(すいか)できない」

「そうですね」ぼくは思案していた。「厄介ですね。フレッドかオリーがいて、真っ昼間にだれかが車で乗りつけて、家に入ったとします。家から百ヤード以内になんとかなりそうな隠れ場所はありません。ただの避雷針の販売員か友人かを見極めるのに、相手から見られずに充分な距離まで近づくのは、たぶん無理です。客が帰ってアリス・ポーターが姿を見せるのを待つか、持ち場を離れてアリスに電話をかけ、応答の確認をするのがせいぜいです。来たのがXだったら、アリスはもう死人ですね。

正体がわかるだろうというのは、認めますが」

ウルフは唸った。「きみはもっとうまくやれるのか？」

「いえ。文句を言っているわけじゃないんです。ケネス・レナートはどうなんです？　Xがなにをしてもおかしくない状態なら、次に殺るかもしれませんよ」

「可能性はある。だが、考えにくいな。レナート氏はXがだれかも知らないかもしれない。ただの模倣犯とも考えられる。物語ではなく、舞台作品の概略を書いたのだし、その内容をこちらはまだ把握していない」

「わかりました」ぼくは時計に目をやった。十一時二十三分。「午前零時の交代前にソールから電話があると思います。オリーもそのあとで電話を寄こすのでは？」

「そうだ」

「二人からの連絡を待ちます。その他にぼくの仕事は？　なにか予定はありますか？」

「ない」

「では、ぼくから提案があります。気に入ってはいませんが、あることはあるんです。レナートの家から道路を挟んだ向かいに、きれいないい感じの窓を備えた仕立屋がありました。一日五ドル払えば、店主は椅子を用意したうえで覗かせてくれるでしょう。日が暮れたら、道路を渡って、もっと近くに行けます。ぼくもソール・パンザーと同じくらい人の顔を覚えるのは得意です。レナートの死体が発見されて、殺害時刻が判明したら、だれが現場にいたのか、ぼくにはわかるでしょう。顔がわかる相手、例えば盗作問題合同調査委員会の一員なら、名前だってわかります。今すぐはじめられますよ。そういう仕事は好きじゃありません、好きな人なんていないでしょうけど。それでも、死んでしまっていた人間に二回も会いにいかされたんで、もうたくさんです」

ウルフは首を振った。「反対理由が二つ。一つ、きみには睡眠が必要だ。二つ、レナート氏は家にいない。先ほど言ったように、レナート氏の詐欺行為は単独の可能性があり、Xとは無関係かもしれない。とはいえ、放置したわけではない。今日の午前に二回、午後に二回、電話をかけてみたが、応答はなかった。三時にはソールが行ってみたが、呼び鈴に返事はなかった。そこで管理人に会って、レナート氏を最後に見たのはいつかと尋ねた。昨日の夕方、レナート氏は戦没将兵記念日（メモリアル・デイ）（一九七〇年までは五月三十日。以降五月の最終月曜日）の週末を田舎で過ごすためこれから出発して月曜に戻ると、管理人に話した。どこの田舎かは言わなかったそうだ」

「場所がわかれば、電話で漆には近づくなと警告できたのに。声を聞けたら、嬉しかったな」

「同感だ。しかし、わからない」

「午前中に聞きこみにいけば、突きとめられるんじゃないかと。レナートが金を借りていた大勢の名前はわかってますから」

ウルフは却下した。ぼくにはそばにいてもらいたいし、ソール・パンザーかフレッド・ダーキンかオリー・キャザーかドル・ボナーかサリー・コルベットがすぐに行動を求める電話を、昼夜を問わずいつなんどきかけてくるかもしれない。おまけにフィリップ・ハーヴェイが二度、コーラ・バラッドが一度電話をかけてきて、月曜日の米国作家脚本家連盟の理事会に出席できるかと問い合わせてきた。明日にはまたかけてくるだろうが、二人の話は聞きたくない。これで方針が決まり、ウルフは二階の寝室へ行った。十一時四十二分、ソール・パンザーがカーメルの電話ボックスから連絡してきて、オリー・キャザーの交代に向かうところだと言った。十二時十八分には、やはりカーメルからオリーが電話をかけてきて、十一時少し前にアリス・ポーターの家の電気が消えて、おそらく無事にベッドに入っただろうと報告した。ぼくは階段を二階分のぼって自分のベッドへ向かった。

金曜日の朝、ぼくがズボンをはいているときに、フレッド・ダーキンが電話をしてきて、ソールの交代にいく途中で、舗装路と未舗装路の交差点付近で張りこみを続ける予定のドル・ボナーが一緒だと報告した。厨房で『タイムズ』紙を状差しに置いてワッフルに熱いメープルシロップをかけているとき、ソールからの電話連絡があり、持ち場を離れた八時にアリス・ポーターは野菜畑を鍬で耕していたと報告された。事務所で二人の検事補に提出した供述書の写しを読み返しているとき、コーラ・バラッドが電話してきて、月曜の十二時半に〈クローバー・クラブ〉で開かれる米国作家脚本家連盟の理事会にウルフは出席するかと尋ねた。昼食後に参加したいのであれば二時、あるいは二時半でもかまわない。ウルフは仕事では決して家から出ないと改めて指摘したところ、コーラは承知しているが非常事態だと言った。三日後に設定するならたいした非常事態じゃないとぼくが言うと、作家や脚本家相手では普通ならどんなに早くても二、三週間後だし、そもそも週末はメモリアル・デイだとコーラは言い返して、ウルフさんと話したいと頑張る。ウルフは電話に出られない、出られたとしてもどうにもならない、とぼくは答えた。ぼくを出席させると言うに決まっている。理事会がぼくの出席を求めるなら、連絡してくれ。

供述書の写しを『盗作問題、合同調査委員会取り扱い』という名前の書類綴りに入れているとき、クレイマー警視が電話してきて、十一時十五分頃に少しだけ顔を出すと言った。たぶん立ち入り許可は出るだろうと、ぼくは答えた。十時のニュースを聞いているとき、ロン・コーエンが電話してきて、ぼくに口を割る潮時だと言った。死体置き場でのぼくの写真を五種類持っているが、おもしろい事実を多少教えてくれたら、ほぼ人間っぽく写っている一番いいのをジェーン・オグルヴィの死体発見者として掲載するつもりだ。例えば、盗作の訴えで賠償金を手にした二人が四十八時間以内にくたばったのはなぜか。偶然じゃないことぐらい、どんなばかでもわかる。つまり、どういうことなんだ？ぼくは地方検事に問い合わせて、折り返し電話すると答えた。

ウルフの机のカレンダーから昨日の日付を破りとったとき、米国作家脚本家連盟の会長が電話してきた。ジェローム・タッブという名前だった。ぼくはタッブの本を一冊読んだことがある。ウルフは四冊読んだことがあって、四冊ともまだ書棚に並び、どれもページを折られたりしていない。全部Aランクなのだ。タッブはウルフの基準でさえも重要人物で、ウルフは確実に話をしたがるだろうが、特別な非常事態を除いて植物室には絶対に電話をとりつがない規則だ。タッブは、たった今コーラ・バラッドから電話をもらったが、月曜の理事会への出席がいかに重要かをウルフ本人に話したいと言った。週末は留守にするので、ウルフに伝言を頼みたい。万障繰り合わせて出席いただければ、米国作家脚本家連盟の職員及び理事はおおいに感謝する。

十一時にウルフが事務所へおりてきたとき、ぼくはかかってきた順番に電話の報告をした。で、タッブは最後になった。報告が終わると、ウルフは腰をおろしてぼくを睨みつけたが、なにも言わなかった。板挟み状態なのだ。ジェローム・タッブと話したがっていることをぼくが知っていることをウルフは知っているのだが、規則に従った以上うまく責められない。そこで、別の方面から攻撃した。ぼくを睨みつけたまま口を開いた。「ミス・バラッドとタッブ氏にはっきり断りを言いすぎたな。わたしは理事会に行くと決心するかもしれない」子供か。きつい返事が必要だし、舌先まで出かかったが、玄関のベルが鳴り、見合わせなければならなかった。

クレイマーだった。ドアが開くと、挨拶抜きでぼくの横をずかずかと入ってきたが、申し訳程度に頷き、事務所へ向かった。ぼくはあとを追った。ウルフはクレイマーにおはようございますと声をかけ、椅子を勧めた。が、クレイマーは立っていた。

「一分しか時間がない」と言う。「で、あんたの推理は正しかった」

ウルフは唸った。「わたしとあなたの推理です」

「まあな。それを証明するために、オグルヴィって娘が死ななきゃいけなかったのは、残念だ」

クレイマーは言葉を切った。ウルフは声をかけた。「座りませんか？　知ってのとおり、わたしは視線を水平にしておきたいので」

「長居できないんだ。オグルヴィの殺害事件はブロンクスで起きたが、明らかにジェイコブズの事件と関連がある。だから、こっちの担当だ。で、あんたは捜査の時間と手間をたっぷり省ける。あんたがジェーン・オグルヴィを締めあげるつもりだって何人に話したか、それがだれだったか。必要なら五十人ぐらいの事情聴取で突きとめられるが、直接訊いたほうが早い。だから、訊いている」

「その質問にはグッドウィン君がすでに何度も答えています。地方検事に」

「わかってる。ただ、おれは信じちゃいない。あんたはまた失態を演じたんだろう。あんたがジェイコブズを狙ってることを知ってた連中のなかから何人か選んで――どうやって選んだかは知らんが、選んだんだ――そう、特定のやつらを選んで、ジェーン・オグルヴィを狙ってることを教えた。そのうえで、一人かそれ以上、たぶんパンザーとダーキンだろうが、オグルヴィの警護に派遣した。で、失敗したんだ。二人は裏の小道のことを知らなかったのかもな。被害者が『修道院』って呼んでた建物のことさえ知らなかったのかもしれん。『修道院』なんてくそ食らえ。で、あんたが教えた相手と、その理由を知りたい。あんたが口を割らないんなら、こっちで地道に調べるさ。調べあげて犯人がわかったら、あんたがオグルヴィに狙いを定めたと知って犯行に及んだとわかったら、あんたかグッドウィンが教えたせいで知ったとわかったら、今度こそあんたは片足をなくすぞ。訊きたいことはただ一つ。しゃべる気はあるのか？」

「じきに答えます」ウルフはクレイマーに向かって、指を一本、軽く動かした。「まずは念を押しますが、あなたは今夜七時までに例の品をわたしに返却することになっています。もう八時間足らずです。忘れてはいませんね？」

「いない。ちゃんと返す」

「結構。あなたの質問についてですが、怒ってはいません。サイモン・ジェイコブズのときには情けないほどの失態を演じましたから、ジェーン・オグルヴィに対してさらにひどい失態を演じたのではないかと、疑われてもしかたがない。そうだったのであれば、わたしは経緯を打ち明けて、事件から手を引き、事務所を永久に閉じるでしょう。失敗はしていません。ジェーン・オグルヴィにあたってみる方針を知っていたのは、グッドウィン君とわたしだけです」

「つまり、しゃべる気はないんだな？」

「話すことがない。グッドウィン君がすでに――」

「勝手にしろ」クレイマーは背を向けて、荒々しい足取りで出ていった。ぼくは廊下に出て、玄関のドアが叩きつけるように閉められたとき、クレイマーが家の外にいることを確認した。続いて事務所に戻ると、電話が鳴った。モーティマー・オシンからだった。委員会との契約終了をフィリップ・ハーヴェイがウルフに通告したかどうかを知りたがっていた。通告はない、それは月曜日の米国作家脚本家連盟の理事会で議論される予定なのだろうとぼくは答えた。もし契約が終了したら個人的にウルフを雇いたいとオシンは言い、ぼくは申し出に感謝すると答えた。

ウルフはクレイマーに対する感想をわざわざ口にすることなく、ぼくにノートを出せと命じ、私立探偵中西部協会の年次食事会に出席して講演をしてほしいという依頼を断るために、シカゴ在住者宛ての手紙を口述した。次に、去勢した雄鶏を太らせればその肝臓でフォアグラに匹敵する良質なパテを作れるだろうかと、手紙で問い合わせてきたネブラスカ州の女性への長い返事を作成した。それから他の手紙も。手紙は返事なしにするべきではないというウルフの考えに、ぼくは原則的に賛成だ。ただ、もちろんウルフはいつでもぼくに手紙を渡して、「返事を出してくれ」と言えるし、実際よくそうする。アトランタ市の男性に、一か月前にニューヨークへ出ていって一度も手紙を寄こさない娘さんを見つけだす仕事はお引き受けできない、という手紙を書いているところへ、フリッツが昼食を知らせにきた。廊下を歩いているときに電話が鳴り、ぼくは戻って受話器をとった。フレッド・ダーキンだった。

「カーメルにいる」フレッドは受話器に口を近づけすぎる、いつもどおりだ。腕のいい探偵だが、欠点もあるのだ。「対象者は十二時四十二分に家を出て、車に乗って外出した。それまでズボン姿だったんだが、ワンピースに着替えてた。隠れ場所から出るのに、対象者が見えなくなるまで待たなきゃならなかった。それから自分の車に乗ってあとを追ったんだが、もちろん、見あたらなかった。ドル・ボナーの車は持ち場になかったから、追跡したんだろう。どっちの車もこの街の中心部には駐まってない。どの方向へ行ったか、聞きこみをして調べようか?」

「いや。引き返して、車を戻して身を隠せ。だれかがやってきて、アリスを待ちぶせするかもしれない」

「どんだけ待たされるのやら」

「ああ、わかってる。最初の二週間が一番辛いよな。自然の研究をしろよ。そこらあたりには、いくらでもあるだろ」

ぼくはウルフのいる食堂へ行き、席について、電話の内容を伝えた。ウルフは唸って、ナプキンをとりあげた。

一時間十分後、ぼくらが事務所に戻って手紙の仕上げをしていると、電話の邪魔が入った。柔らかだが事務的な声が言った。「ドル・ボナーです」ぼくはウルフに受話器をとるよう合図した。

「もしもし、ミス・ボナー」ぼくは返事をした。「今どこですか?」

「ドラッグストアの電話ボックスです。十二時四十九分、対象者の車が未舗装路から出てきて舗装路で左折しました。そこから、追跡を開始。対象者はタコニック・ステート・パークウェイに入り、停まらずに南へ向かいました。ホーソーン・サークルでソウ・ミル・リバー・パークウェイへ。二度ほど見失いかけましたが、再追尾しました。対象者はウェストサイド・ハイウェイを十九丁目でおり、車をクリストファー・ストリートの駐車場において、ここまで五ブロック歩いてきました。わたしは歩道際に車を駐めています」

「ここってどこ?」

「アーバー・ストリートとベイリー・ストリートの角にある、ドラッグストアです。対象者はアーバー・ストリート四二番地のポーチに向かい、呼び鈴を鳴らしました。三十秒ほど待ってドアを開け、なかに入りました。それが八分前です。このボックスからは玄関は見えないので、ご希望であれば

――」

「四二番地って言ったかな？」

「はい」

「ちょっと待って」ぼくはウルフに顔を向けた。「エイミー・ウィンはアーバー・ストリート四二番地に住んでます」

「ほほう。こちらはネロ・ウルフです、ミス・ボナー。駐めてある車からはそこの玄関が見えますか？」

「はい」

「では、車へ。ミス・ポーターが出てきたら、追跡してください。グッドウィン君がそちらへ到着したとき、あなたがまだいれば、グッドウィン君も加勢します。よろしいですか？」

ぼくらは電話を切り、顔を見合わせた。「意味がわからん」ウルフが唸った。

「そんなところですね」ぼくは賛成した。「ですが、ありうる話です。水曜日、委員のだれかが犯人の可能性があると本人たちに話してましたよね。ぼくが投票するなら、エイミー・ウィンは意中の相手ではなかったでしょうが、ありえはします。サイモン・ジェイコブズは運動選手ではありませんでした。車に乗せたら、ナイフは刺せたでしょう。ジェーン・オグルヴィは楽勝だったにちがいありません。アリス・ポーターについては、二重の動機があります――エレン・スターデヴァントに対する工作をべらべらしゃべらせないだけでなく、我が身に対する賠償請求問題も片づきます。法廷の外で賠償請求をうまく処理する方法の一つですね。そのために最適な場所として自分のマンションを選ぶとは思いませんが、なにをしてもおかしくない状態だとあなたは言ってましたし。ただ、『犯人の男』

って言いかたでしたけどね。そのうえ、ミス・ウィンには死体を始末するのにこれまでにないすばらしい計画があるのかもしれません。女にしろ男にしろ、犯人はかなりの計画上手です、それは否定できません。ぼくは委員たちを回ってあなたを解雇しないよう頼んでいると称して、エイミー・ウィンの家に顔を出せますよ。アリス・ポーターの命を救うのには間に合わなくても、せめて死体の始末の計画を邪魔するくらいなら間に合うでしょう」

「くだらん」

「もし、アリス・ポーターが三番目の犠牲者、クレイマーの管轄する殺人事件の被害者になって、あなたが犯行現場にドル・ボナーを派遣して車からドアを見張らせていたとわかったら、警視は些細な問題だとは考えませんよ。事務所を永久に閉じるというあなたの冗談は、もしかしたら――」

電話が鳴り、ぼくが出た。ルーベン・インホフだった。ウルフと話したいと言うので、とりついだ。

「ちょっと気になることが」インホフは言った。「たった今、エイミー・ウィンから電話があってね。今朝、アリス・ポーターが電話をかけてきて、会いにいきたいと言ったそうだ。ミス・ウィンがその件を相談してくれれば、たぶん会わないほうがいいと助言しただろうが、相談してくれなかった。いずれにしても、二人は今ミス・ウィンのマンションにいるんだよ。アリス・ポーターは現金二万ドルで賠償請求を決着させると申し入れてきたそうだ。その申し入れを受け入れるべきかどうか、ミス・ウィンはわたしの意見を求めているんだ。わたしは反対だと答えた。二件の殺人でアリス・ポーターが怖じ気づいたように思えてね。エレン・スターデヴァントに損害賠償請求をさせた男が犯人だと思っているんだろう。犯人が捕まれば、口を割る。そうなれば、アリス・ポーターも終わりだ。だから、さっさと絞れるだけの金を手に入れて、逃げたいんだろう。どう思うかな?」

「おそらく、そのとおりでしょう。即席の意見ですが」

「そうだろうね。そう思える。ただ、電話を切ったあと、ミス・ウィンに的確な助言をしたかどうか、それほど自信が持てなかった。アリス・ポーターは申し出の半額、いや、それ以下でも承知したんじゃないか。仮に、そうだな、五千ドルで請求権の放棄となるなら、払ったほうがいいだろう。でなければ、最終的にその十倍か、それ以上を支払わなければならない可能性がある。一方、そちらか警察が犯人を捕まえて白状させれば、一切支払う必要はないわけだ。だから、訊きたい。ミス・ウィンに電話して、一万ドル以下で解決できるなら手を打ったほうがいいと助言するべきか、やめておくべきか」

ウルフは唸った。「その質問に答えるのは無理ですな。ミス・ウィンはわたしの依頼人ではありません、あなたもです。委員として、詐欺師兼殺人犯を暴けると思っているかどうかの質問はかまいませんが」

「わかった。その質問をしよう」

「答えはイエスです。遅かれ早かれ、犯人はおしまいです」

「それで結構だ。そういうことなら電話はしない」

ウルフは受話器を置いて、ぼくを見た。唇の片端があがっている。

「はいはい」ぼくは席を立った。「ぼくはありえると言っただけです。ドル・ボナーの助太刀として、アリス・ポーターがカーメルに引き返すのを尾行するのは、いい考えですかね?」

「いや」

「ミス・ボナーに特別な指示はありますか?」

「ない。おそらく、ミス・コルベットが持ち場についているだろう」

ぼくは事務所を出た。

第十三章

四十二時間後の日曜日の午前九時、空のコーヒーカップを置いたぼくは、フリッツに食事の礼を言い、事務所に向かいながら独り言を声に出した。「せっかくのメモリアル・デイの週末だってのに」ぼくは田舎へ招待されていた。河口の船遊びに招待されていた。その日の午後ヤンキー・スタジアムへ行こうと友達に誘われていた。それなのに、こんなところにいる。ベッドから出て着替えをした理由はただ一つ、ソールと交代しにいくというフレッドからの電話連絡で、七時四十分に起こされたからだ。三十分後にはソールが、アリス・ポーターは日曜日にはいつもより遅くまで寝ている、と報告してきた。ここしばらく聞いたなかで、それが一番耳寄りなニュースだった。金曜日には、アリス・ポーターはドル・ボナーに尾行されながら、アーバー・ストリートを出てまっすぐ車でカーメルへ戻り、スーパーとドラッグストアでいくらか買い物をして、帰宅していた。

事務所へ入り、自分の机に向かって、『タイムズ』紙の日曜版——ぼくの分。ウルフの分は寝室だ——の山のような記事にじっくり目を通して、最初に読んだ記事に戻った。新聞を引き抜いて顔をしかめ、「つまんねえな」と声に出し、床に投げ捨てた。昨日の夜、カウボーイがブーツを脱いで足の指をもぞもぞさせているのを座ってテレビで見ていたとき、ぼくは刑務所にいるほうがもっとおもしろいんじゃないかと思ったが、本気だったのかもしれないし、そうじゃなかったのかもしれない。本気なのだとしたら、あとはぼく次第だ。軽罪で、いや、たとえ軽めの重罪でパクられたとしても、なくすものはなにもない。ぼくは電話に近づいて、ケネス・レナートのアパートの番号をダイヤルし、十三回鳴らして返事がなかった時点で、切った。次に戸棚へ移動して引き出しの鍵を開け、いろいろな鍵を集めた六つの箱を出して、二十分かけて選んだ。別の引き出しからは、ゴム手袋を一組出した。それから厨房へ行って、一時間ぐらい散歩して戻ってくるとフリッツに声をかけ、家を出た。のんびり歩いても、たった二十分の距離だ。

本気でぶちこまれる覚悟ができていたわけではなかったが、レナートのしゃれた大きな部屋でなにか役に立つものが見つかるんじゃないかと思ったのだ。これまでの経験から、ウルフも賛成するだろうとわかっていたが、前もって話してあったとなれば、ぼくは助手なのだし、責任を問われることになる。ぼくの法律違反の危険を分かち合うのは、ウルフの発案なら妥当だろうが、ぼく自身のならお門違いだ。レナートがXだという証拠が見つかると期待していたわけではないが、モーティマー・オシンに対する訴えをXがそそのかしたか、そうでなかったかを暗示するなにかを掘りあてる可能性はある。どっちにしても少しは役に立つし、収穫はもっとあるかもしれない。

入口ポーチでレナートの呼び鈴を三回、それぞれ間をおいて鳴らし、返事がなかったところで、ぼくはドアへの細工にとりかかった。鍵についてのぼくの腕前は、指紋と同じくらいだ。専門家として証言に立つ資格はないが、あれこれ秘訣を身につけてきている。もちろん、前回来たときに表口も部屋のドアの鍵もハンセンズだと確認してあった。どこへ行ったにしても、あらゆる場所で必ず鍵の種類は確認しておくべきだ。いずれ手助けなしでそこに入る際には必要になる。

ハンセンズはいい鍵だ。ただ、ぼくにはいい品揃えがあったし、外圧は一切なかった。人がどちらかの方向から近づいてきたら、鍵を間違えたところだと思われるだけの話だ。三分、たぶんそんなにかからずに、ぼくはうまくやってのけて、建物内に入った。エレベーターは一階に停まっていなかった。エレベーターを呼び、乗りこんで、『四階』のボタンを押した。玄関のドアの鍵は一階の共用ドアより時間がかかった。同じ鍵でなんとかしようと意地になりすぎていたせいだったが、最終的にうまくいった。ドアをそっと六インチ開け、その場で耳を澄ませた。日曜の朝のこの時間なら、レナートは電話や呼び鈴を無視しているのかもしれない。通りの交通の音以外にはなにも聞こえなかったので、さらにドアを開けて、しゃれた大きな部屋へと足を踏み入れた。

レナートは仰向けでしゃれた大きな長椅子に横たわっていた。眠っているのではないと、離れた場所からでも一目で充分に理解できた。顔がものすごく腫れていて、だれ一人容姿端麗との表現を使おうとは絶対に思わなかっただろう。胸からはナイフの柄が突き出ている。着ているガウンがはだけて、ベルトまで肌がむき出しだった。ぼくは近寄ってみた。腹の皮膚は緑色だった。肋骨の下の皮膚を二か所、指で押してみたが、強張って、ゴムみたいだった。ぼくはゴム手袋をはめ、室内履きを片方脱がせて、足の指を試してみた。ぐんなりしていた。身を屈めて、レナートの開いた口から一インチの位置まで鼻を近づけ、息を吸いこんでみた。一度で充分だった。少なくとも死後二日は経過している。たぶん、三日目か、四日目だろう。

室内を見回してみた。争ったり、荒らされたりした形跡はない。長椅子の頭を置く側の近くに小テーブルがあり、そこに半分空のバーボンのボトルが一本、背の高いグラスが二つ、たばこが一パック、開いたままのマッチブックが一つと空の灰皿が載っていた。推理を一つしてみた。レナートのような体格と健康状態の男は、なんらかの細工をされていない限り、だれかがナイフを突き立てる間おとなしく仰向けで横になっていたはずがない。筋が通っている。で、ぼくは足を止めてグラスの臭いを確かめてみた。筋が通っていない。酒に入れるのに一番よく知られた薬は、ほぼ無味無臭だ。仮にそうでなかったとしても、三、四日も経ってから人間の鼻で判別できるわけがない。

ナイフの柄は茶色のプラスチック製だった。もう一つ、推理をしてみた。今回、凶器がそのまま残されているのはなぜだろうか。確認のため、冷蔵庫が見えているアーチ型の出入口へ移動して、内側を覗いてみた。こぢんまりしたきれいな台所だった。ぼくが開けた二つ目の引き出しには、他の品と混じって茶色いプラスチックの柄のナイフが二本入っていた。一本は刃渡り三インチで、もう一本は五インチだ。レナートの胸に刺さっている刃は、たぶん七インチだろう。これでさっきの推理も裏付けられる。家主の目が開いていて、筋肉が使用可能なときに、殺す目的でその家の台所の引き出しからナイフを一本くすねて居間へ持っていったりはしない。

二つの立派な推理をしたので、日曜の朝にはこれで充分だろうと判断した。二時間かけて室内を調べるという考えは、ゴム手袋をしていても、いいとは思えなかった。不法侵入した他人の城で発見されるのは、ばつが悪い。が、胸にナイフが刺さった家主と一緒にいるのは、腐敗がはじまっているとはいえ、正真正銘の大騒動になりかねない。刑務所にいるほうがもっとおもしろいんじゃないかと思ったのは、本気じゃなかったのだ。だいたい、フリッツには一時間ぐらいで戻ると言ってある。

ぼくは現場を離れた。指で直接触れた場所だけ、ハンカチを使って拭いた。アパートの玄関ドア、エレベーターのドアとボタン。エレベーターがさがりはじめる前に、ゴム手袋を脱いでポケットに突っこんだ。すべてうまくいっている。一階のホールにあるボタンも拭くつもりだった。

が、拭かなかった。エレベーターが一階に着き、ぼくはドアを開ける前にもちろん四角いガラス窓から様子を窺ってみた。ホールには人の姿はなかった。が、十分の一秒後には、あっただろう。ホールへのドアがワイシャツ姿の小男に外から押し開けられているところで、その後ろにそびえていたのは、パーリー・ステビンズ巡査部長の大きな四角い顔だったのだ。そんな瞬間には頭を使ったりはしない、時間がないからだ。指を使って、エレベーター内の『二階』のボタンを押す。ぼくもそうした。電気仕掛けの機械はすばらしい。エレベーターは上昇しはじめた。二階で停止すると、ぼくはおりた。ドアが閉まり、エレベーターはさがりはじめた。つまり、ホールでだれかがボタンを押したのだ。いや、実にすばらしい。

ぼくは狭い廊下に立っていた。もう、確率の問題だ。パーリーが二階でおりるのは一京分の一の確率だろう。もしそうなったら、天上の神様は全員ぼくを目の敵にしているにちがいないから、なにをしたっておしまいだ。エレベーターは通過した。で、ぼくは階段に向かった。あのワイシャツの男は大家——失礼、管理人だ——のはずだが、パーリーと一緒にあがっていってレナートの部屋に入れてやる代わりにホールに残っている可能性も千分の一はある。が、そうだとしたら弱小の神様が二人ぼくの敵になっているだけだから、切り抜けられるだろう。おりていったら、ホールに人はいなかった。さて、今度は別方面の確率だ。五十対一で、警官の乗ったパトカーが表に駐まっているだろう。十対一で、ぼくが歩道に出たら発見されるだろう。そこは簡単だ。ぼくは歩道には出ない。入口に移動して、レナートの名前のそばにあるボタンを押し、フックから受話器をはずした。すぐに声がした。

「だれだ?」

ぼくは送話口に向けてこう言った。「アーチー・グッドウィンです、レナートさん。覚えているかもしれませんが、十日前にお邪魔しました。こちらの取引の申し出は気に入ってもらえませんでしたが、新しい切り口を考え、内容を変更しました。聞いて損はないと思います。必ず納得してもらえる自信がありますので」

「わかった。どうぞ」

ブザー音がして、ぼくはドアを開けてエレベーターへ向かった。さがってくるように、ボタンを押した。これで拭く必要はなくなった。到着したエレベーターに乗りこみ、『四階』のボタンを押す。おりたとき、ぼくの顔はレナート向けの愛想笑いを浮かべかけていたが、ステビンズ巡査部長を見て、がっくり口を開け、目を剝いた。

「なんでいるんだ」ぼくは言った。

「おあつらえ向きにもほどがある」ステビンズの声は少しかすれていた。玄関口にいたワイシャツ姿の男を振り返る。「こいつを見てくれ。この辺をうろうろしているのを見たことがあるか?」

「ありません。見たことないです」管理人は少し気分が悪そうだった。「一度も見たことがないです。すみません、ちょっと失礼を――」

「そのあたりのものに触るな!」

「では、ちょっと――」管理人は階段に向かって駆けだし、姿を消した。

「うろうろしていたらよかったのに、と思うよ」ぼくは言った。「殺人犯が侵入するか、出ていくところを目撃したかもしれない。じゃなきゃ、両方をね。レナートはいつ死んだんだ?」

「なぜ死んだと知ってる?」

「やれやれ。あんたがここにいて、そんな態度でいるだけじゃなく、さっきの男はどこか吐く場所を探しにいっただろ。今日、死んだのか? 他の連中と同じく、刺されたのか?」

ステビンズは一歩前に出て、ぼくと腕一本分の距離になった。「きっちりこの時間にここへ来た理由を、きっちり聞かせてもらおうか」声はますますかすれてきた。「あのジェイコブズの家に着いて五分したら、おまえが顔を出した。ここに来て三分したら、おまえが顔を出した。おまえはレナートに会いにきたんじゃない。家にいるかどうか確かめるために、まず電話をしたはずだ。おまえにだれだと訊いたのがレナートじゃないって、百も承知だったんだ。おれだとわかっていた。おまえは声を聞き分けるのがうまいからな。おまけに嘘もうまい。もうたくさんだ。吐けよ、おまえがな。少しくらい本当のことを吐け」

「そっちもね」ぼくは言った。

「こっちも、ってなんだ?」

「まずは電話をかける。電話をかけて応答がなかったら、いつもかけられた相手が死んでると思って見にいくのかい?　まさかそうじゃないだろう。そっちはどういうわけできっちりこの時間にここへ来たんだ?」

ステビンズは歯がみしていた。「いいだろう、教えてやる。レナートが週末遊びにいくはずだった家の連中から、金曜日に大家へ電話があった。昨日もまたかかってきた。レナートが別のところへ行くことにしただけだろうと大家は思ったし、家に入ってみる気はなかったんだが、行方不明者捜索機関に電話をかけた。向こうじゃ例によってただの勘違いだろうと判断したんだが、今朝、担当のだれかが報告書でレナートの名前を見たことを思い出して、こっちに電話をかけてきた。さあ、おまえの番だ。いいか、正直に話せ!　それも今すぐに!」

ぼくは考えこむように眉を寄せ、「残念だよ」と答えた。「ぼくはいつもそっちの神経を逆撫でするみたいだ。そんなに腹が立つなら、そっちの手の内で一番なのはぼくを引っ張ってって告発すること だろうけど、罪名がわからないな。人の家の呼び鈴を押すことは、微罪にもならないし。ぼくがやり たいのは手助けだよ、せっかくここにいるんだから。三分前に来たばっかりなら、全部の調査をやっ てみる時間はなかっただろ、レナートはまだ死んでないかもしれない。ぼくは喜んで――」

「失せろ！」パーリーは拳を固め、首の脇の筋肉を引きつらせていた。「とっとと失せろ！」

ぼくはエレベーターには乗らなかった。ぼくの自然な行動は、管理人を探して情報収集をすること だと、パーリーは承知している。なので、階段を使った。管理人ははるばる地下までたどり着いてい た。見つけはしたが、管理人は青ざめ、取り乱していた。話をするには気分が悪すぎるか、怯えすぎ ていた。ぼくを殺人犯だと思ったのかもしれない。ぼくは砂糖抜きで濃いめの熱いお茶が一番だと教 え、歩道への帰り道を見つけて、家に向かった。あえて時間をかけて歩いた。植物室のウルフをわず らわせても意味はない。一刻を争う問題じゃなかった。レナートの腹はもう緑に変色していたし、あ と三十分ぐらいどうってことはない。

ぼくは鍵とゴム手袋を引き出しに戻し、ジントニックを飲んだ。なにか飲みたい気分だったし、ミ ルクや水はぼくの腹具合にしっくりこない気がしたのだ。『タイムズ』紙のスポーツ欄を見ていたら、 ウルフがおりてきた。おはようと挨拶を交わして、ウルフは心から快適だと思える世界で唯一の椅子 に近づき、腰をおろし、ビールのブザーを鳴らしてから、ぼくに散歩にいってはどうかと声をかけた。 ぼくが散歩にいくのは自分にとってもいいことだという、漠然とした思いこみがあるのだ。

「もう行きました」ぼくは答えた。「もう一つ死体を見つけましたよ。今回は腐敗が進んだ状態でし た。ケネス・レナートです」

「おふざけに付き合う気分ではない。散歩にいきなさい」

「おふざけじゃありません」ぼくは新聞をおろした。「レナートの番号に電話をかけたら、応答がありませんでした。家まで歩いていって呼び鈴を鳴らしてみたら、応答がありませんでした。たまたま鍵の一揃いとゴム手袋を持っていたので、おもしろいものが見つかるかもしれないと、ぼくはアパートに入って部屋まであがっていきました。レナートは胸にナイフを突き立てた状態で三、四日長椅子で横になっていまして、今もそのままです。たぶん、酒に薬を盛られたあげく――」

ぼくは言葉を切った。ウルフが発作を起こしていたのだ。右手を握りしめて拳にし、机を叩いて、怒鳴っていた。なにやらわめいているのは、子供の頃モンテネグロで使っていた言葉、ときどきマルコ・ヴクチッチと話していた言葉だろう。そのマルコが殺されたと聞いたときも、こんなふうにわめいていた。何年かの間に、他に三回聞いたことがある。ビールを持って入ってきたフリッツは足を止め、咎めるようにぼくを見た。ウルフははじまりと同じように、突然怒鳴るのをやめ、フリッツを睨んで、冷たく言い放った。「戻せ。ほしくない」

「ですが、これは――」

「戻せ。犯人の喉に指をかけるまで、ビールは飲まない。それに、肉も口にしないことにする」

「そんな無茶な！　ひな鳥がクリームに漬けてあるんですよ！」

「捨ててしまえ」

「ちょっと待った」ぼくは反対した。「フリッツとセオドアとぼくはどうなるんです？　いいよ、フリッツ。こっちでは衝撃的なことがあったんだ。ぼくは茹でたキュウリは口にしないことにする」

フリッツは口を開けたが、また閉じて、背を向け、出ていった。ウルフは拳を机に置いたまま、ぼくに命じた。「報告だ」

六分でできただろうが、少し落ち着く時間を与えたほうがいいと思って、十分に延ばした。事実を使い果たし、ぼくは言葉を継いだ。「値引きなしの定価で出したい推理が二つあります。ナイフの出所はレナートの台所の引き出しだという推理と、刺されたときレナートは薬を盛られて意識不明だったという推理です。現金に限り五パーセントだけ値引きしてもいい推理は一つあります。レナートは死後八十時間経過していました。八十時間から八十五時間の間ですね。水曜日の夜遅くに殺されたんです。Xはジェーン・オグルヴィを殺したその足で、レナートのところへ行ったことになります。先延ばしにしてジェーン・オグルヴィが片づけられたという一報が出たら、レナートはすっかり警戒して、Xに酒へ一服盛る隙を与えなかったでしょう。Xがサイモン・ジェイコブズを殺したと、レナートは疑っていたかもしれないし、疑っていなかったかもしれません。ジェイコブズの死と三年前に起こした盗作の賠償請求を結びつける報道は一つも出ていませんからね。ただ、ジェーン・オグルヴィも死んだと知っていたら、間違いなくXを疑ったはずです。いや、確信を持ったはずです。だから、Xは待てなかったし、実際待たなかった。モーティマー・オシンに対する賠償請求について話し合うとの口実で、Xはレナートの家に行った。レナートが酒を勧めるだろうって、知っていたんです。ぼくはレナートの家に行って三分と経たないうちに、一杯勧められましたから」

ぼくは息継ぎのために言葉を切った。ウルフは拳を開いて、指を動かしていた。

「感想が三つ」ぼくは続けた。「その一。一つの疑問に答えが出ました。レナートは単独犯だったのか、Xに糸を引かれていたのか。Xが答えを出してくれました。レナートが死んだ以上、なんの役にも立たないのは認めますが、物事の整理がつきました。あなたは整理された状態が好きですからね。

その二。レナートの息の根が止まったせいで、モーティマー・オシンに対する訴えも止まりました。オシンは自分の一万ドルを取り戻したがるかもしれませんし、委員会は明日あなたを首にするかもしれません。アリス・ポーターの見張りには一日三百ドル以上かかってます。その三。ビールと肉断ちの誓いです。それはなかったことにしましょう。あなたは一時的にどうかしてたんですよ。現状でも充分な難事件です。あなたが飢えと渇きで死にかけてたら、手に負えません」ぼくは椅子から立ちあがった。「ビールを持ってきます」

「だめだ」ウルフはまた拳を固めた。「わたしは自分自身に確約したのだ。座れ」

「やれやれ」ぼくは腰をおろした。

第十四章

ぼくらはその日の残りずっと、食事ための中断を挟んで、断続的に会議をしていた。うっとうしい食事だった。乳脂肪分少なめの生クリームに漬けたひな鳥は、塩、胡椒、ナツメグ、クローブ、タイム、潰したセイヨウネズの実で風味づけした小麦粉の衣をつけ、オリーブオイルでソテーする。それを赤スグリのゼリーを塗ったトーストに載せ、マデラ酒のクリームソースをかける。これはウルフお気に入りの軽めな美食で、普通は三皿食べる。ただし、四皿食べたこともあるのをぼくは知っている。その日、ぼくは厨房で食事をしたかったが、だめだった。テーブルについて、ウルフが辛気くさい顔でグリーンピースとサラダとチーズを突いている横で、二皿食べなければならなかった。日曜夜のつまみも同じくらいひどかった。いつものウルフなら、チーズとアンチョビーのペーストか、フォアグラのパテか、サワークリーム漬けのニシンのようなものを食べる。が、肉断ちの誓いには魚も含まれていたらしい。ウルフはクラッカーとチーズを食べ、コーヒーを四杯飲んだ。そのあとは事務所でピーカンナッツのボウルを空にして、厨房にほうきとちりとりをとりにいき、机や敷物から殻の破片を集めていた。苦痛の上乗せをしているとみて、間違いない。

こんな状況なので、希望が少しでもあるのなら、警察がすでに調べた、もしくは調べている最中でも、ウルフは捜査の定石を一つ、もしくは複数洗ってみる気になっただろう。二人がかりでそれらすべてを議論し、ぼくが一覧表にした。

一：レナートのアパートと、ジェーン・オグルヴィの『修道院』を徹底的に捜索する。

二：ミセス・ジェイコブズとオグルヴィ夫妻からなんとか情報を引き出そうとしてみる。

三：ジェイコブズを抱きこもうとする計画を知っていた全員の名前を入手し、検討したうえで、少しでも可能性のある人物たちに会う。

四：五月二十五日月曜日の夜、Xと会うまでのジェイコブズの足取りの追跡を試みる。

五：五月二十七日水曜日の夜、『修道院』裏手の小道に駐まっていた車の目撃者の発見に努める。

六：五月二十七日水曜日の夜、三十七丁目のアパートに入っていったX、怪しい人物の目撃者の発見に努める。

七：ジェイコブズ、ジェーン・オグルヴィ、レナートの友人知人数百名に会い、三人とも知っていた人物、もしくは人物たちがいたかどうかを割り出す。

八：ジェイコブズとジェーン・オグルヴィがリチャード・エコルズと故マージョリー・リッピンから得た不正な金の使い道の解明に努める。そのうちの相当な額をXに渡したのならば、その授受の追跡を試みる。アリス・ポーターがエレン・スターデヴァントからせしめた金も同様。

九：ジェーン・オグルヴィに試みるつもりだった働きかけをアリス・ポーターに試す。もしくは脅す。アリス・ポーターがXの名前を明かした場合には告発や返金を求めないという合意書をエレン・スターデヴァントと出版社のマクマレイ社からとりつけるよう努力する。

十：米国作家脚本家連盟の会員一覧表を手に入れ、一人ずつコーラ・バラッドと入念に調べてみる。

十一：『愛しかない』、『わたしのものはあなたのもの』、『天上ならぬ俗世界にて』の写しを二百ほど作り、編集者や書評家へ送って、三作すべてが同一人物によって書かれたという本質的な証拠をあげた手紙を同封し、その人物が書いた出版物を知らないかを問い合わせる。編集者の場合には、送られてきた未発表原稿に該当はなかったか確認する。

この最後の項目について議論している間、ウルフの目の前には最初の二つの原稿と三つ目の写しが置いてあった。約束どおり、クレイマーから金曜の午後に返却されたのだ。

わざわざ表に入れなかった他の思いつきもあった。一覧に入れた項目には、それぞれ差し障りや難点などを付け加えることもできたが、とりわけ最初にあげた八項目の定石の捜査については、わかりきっていることなので、必要性を感じなかった。

とんでもない難題は動機だった。百のうち九十九件の殺人の捜査では、それほど経たずに容疑者は動機のある数人だけに絞られていく。たった二人か三人なのも珍しくない。そこから捜査を進める。今回、動機は最初から丸見え状態だったが、問題があった。それを持つ人物はだれなのか？　読み書きと車の運転ができる手近な人物なら、だれでも可能性がある。ニューヨーク界隈なら、ざっと五百万人ぐらいだ。おまけに、アリス・ポーターを除いてまったく手がかりがない。アリスは日曜日の真夜中にはまだ生きていた。オリー・キャザーが十二時二十三分にカーメルから電話を寄こし、ソール・パンザーが予定どおり交代に来たこと、家の明かりが十時五十二分に消えたこと、そのあとは平穏そのものだったことを報告した。ウルフは寝室に引きあげていて、アリス・ポーターにどのように取り組むかは朝決めようと棚上げになっていた。

月曜日の朝八時四十五分、厨房でぼくが三杯目のコーヒーを注いでいると、フリッツがなにをそんなにぴりぴりしているのかと訊いてきた。ぼくは、ぴりぴりしてはいない、と答えた。フリッツは、間違いなくぴりぴりしている、ここ十分間そわそわしているし、三杯目のコーヒーを飲んでるじゃないか、と言った。ぼくは、この家じゃだれもかれも鼻が利きすぎる、と言い返した。フリッツは、「ほらね、ひどくぴりぴりしてるじゃないか」と言った。ぼくはコーヒーを持って事務所に退散した。

ぼくはぴりぴりしていた。フレッド・ダーキンからは七時三十九分に電話があり、ソールと交代しにいく途中で、ドル・ボナーも一緒だという話だった。で、ソールは八時二十分、遅くても八時三十分までには電話をしてくるはずなのに、音沙汰がない。八時四十五分になっても、なしのつぶて。これがフレッドかオリーなら、タイヤのパンク程度のちょっとした事故でもあったのだろうと思うところだが、ソールは一度も車をパンクさせたことはないし、これからも絶対にないだろう。九時、なにか一大事が起きたにちがいないと、ぼくは思った。九時十五分、アリス・ポーターが死んだにちがいないと、ぼくは思った。九時二十分、ソールも死んだにちがいないと、ぼくは思った。九時二十五分、電話が鳴り、ぼくは受話器をひっつかんで怒鳴った。「どうした?」こんな応答のしかたはないだろう。

「アーチーか?」

「ああ」

「ソールだ。こっちはお祭り騒ぎになった」

ぼくはソールの身に起こったのがお祭り騒ぎだけだと聞き、すっかり安心してにやりと笑った。

「へえ。ライオンに噛まれたとか?」

「いや。保安官補と州警察の警官に嚙まれた。フレッドが来ないんで、八時十五分に自分の車の隠し場所に行ってみた。フレッドはそこにいた。パトナム郡の保安官補の質問に答えるのを拒否してた。その横にいたのがおまえの古い友人、パーリー・ステビンズ巡査部長だよ」

「それはそれは」

「そういうわけでね。おれもネロ・ウルフの使う探偵の一人だって、ステビンズが保安官補に言った。騒ぎの間、ステビンズがしゃべったのはそれだけだった。保安官補に任せきりで、そっちはよくしゃべった。フレッドは運転免許証を見せたあと、口をつぐんだみたいだった。そこまでしなくてもって気がした。そもそもステビンズがいたしな。で、おれは必要最低限の情報を提供したんだが、なんの足しにもならなかった。保安官補はおれたち二人を不法侵入と徘徊の容疑で引っ張った。あとで、治安妨害も付け足した。パトカーの無線で連絡したら、あっという間に州警察の警官が来た。あの未舗装路じゃ交通渋滞が起きたよ。警官がおれたちをカーメルまで連行して、そのまま勾留された。これは弁護士への電話ってわけさ。保安官補はあの家の近辺を徘徊するつもりらしい、たぶんステビンズもだ。ここに来る途中、舗装路の脇でドル・ボナーの車の後ろに駐まってる別のパトカーのところに数分寄った。ミス・ボナーは木の陰に車を置いてたから、きっと不法侵入だろうな。そこでミス・ボナーと州警察の警官が立ち話をしてた。ミス・ボナーがカーメルまで引っ張られたとしても、見かけてない。今は保安官の事務所が入ってる建物内の電話ボックスから話してる。保安官事務所の電話番号は、カーメルの五三四六六だ」

ソールが報告すると、質問することがなにもなくなる。ぼくは訊いてみた。「朝飯はすんだか?」

「まだだ。まずはそっちに連絡したかった。これから食べるさ」

「肉をたっぷり食え。ま、七月四日の独立記念日までには釈放されるように手を打ってみるよ。ところで、持ち場を離れる前にアリス・ポーターは見たか?」

「もちろん。芝生を刈ってたよ」

そりゃ結構、とぼくは返事をして、受話器を置いた。座ったまま二分ぐらい電話と睨めっこをしてから、腰をあげて階段をのぼり、三階上の植物室へ入った。そのとき、ぼくと目的地の間には一万株の蘭があり、たくさんの花が満開を迎えていた。ぼくみたいにしょっちゅう見ている人間まで含めて、だれでも足を止めるほどのめくるめく光景だったが、ぼくは足を止めなかった。最初の部屋、中温室、熱帯室、低温室、その先にある鉢植え室まで進んだ。セオドアは流しで鉢を洗っていた。ウルフは大きな花台の前にいて、フラスコに泥炭の混合物を入れていた。ぼくの足音を聞いて振り返ったが、唇を結び、顎をあげていた。ぼくがつまらないことで三階分の階段をあがり、鉢植え室に乱入したりしないと、ウルフは知っているのだ。

「安心してください」ぼくは声をかけた。「アリス・ポーターはまだ生きてます、というか、二時間前は生きてました。芝生を刈っていたそうです。ただ、ソールとフレッドは豚箱にいて、ドル・ボナーは州警察の警官と逢い引き中です」

ウルフは背を向けて、手にしていたフラスコを花台に置き、またこちらを向いた。「続けろ」

ぼくは言われたとおり、ソールとの会話を逐語的に繰り返した。ウルフの顎は通常の位置に戻ったが、唇は引き結んだままだった。報告が終わり、ウルフは言った。「つまり、きみはわたしの肉断ちを冗談のたねとみなしたのだな」

「ちがいます。身を切られるような思いでした」

「わたしにはわかっている。問題の保安官補はおそらく愚か者だな。パーカー先生に電話はしたのか?」

「してません」

「すぐに連絡しろ。可能なら、そのばかげた告発を取り下げさせるように。だめなら、保釈の手配を依頼してくれ。それから、ハーヴェイ氏かミス・バラッドかタップ氏に電話をして、二時半に会合へ参加するつもりだと伝えるんだ」

ぼくはびっくりした。「なんですって?」

「もう一度言う必要があるのか?」

「いえ。同行をお望みですか?」

「もちろんだ」

蘭の花台の間の通路を戻り、階段をおりていきながら、この事件は一件落着の前に規則破りの新記録を出すんじゃないか、とぼくは考えていた。一件落着できたら、の話だが。机について、ぼくはナサニエル・パーカー、弁護士にしか手に負えないときにウルフがいつも頼む弁護士の事務所に電話をかけ、つかまえた。パーカーは今回の一件の構図に二の足を踏んだ。田舎の社会組織は、ニューヨークの私立探偵が嗅ぎまわると立腹する。嗅ぎまわられる相手が地主で、名うての犯罪者ではない場合、特に扱いづらくなる。おまけに、ニューヨークの弁護士にもいい感情を持っていない。自分が直接現地へ行くのではなく、知り合いのカーメル在住の弁護士に引き継いだほうがいいと思う。ぼくはそうしてくれと言った。最低でもさらに五百ドルが消えてなくなった。

フィリップ・ハーヴェイの番号に電話をかけようとして、緊急事態を除いて二度とお昼前にかけないと約束したことを思い出し、代わりにジェローム・タッブの番号にかけた。女の声が応じて、タッブは仕事中で一時まではおとりつぎできませんが、伝言をお預かりしますか、と言った。この地球上にその事実を知らない人間がいることに驚いて、ちょっと気を悪くしているみたいだった。ぼくは理事会に二時半からウルフが出席すると伝言を頼んだが、伝言は必ずしも届くとは限らないとわかっていたので、米国作家脚本家連盟の事務所にいるコーラ・バラッドにも連絡した。ウルフが出席すると聞いて、コーラは喜んだ。ぼくはもう二本電話をかけた。自宅にいるオリー・キャザーと、ドル・ボナーの事務所にいるサリー・コルベットだ。二人にお祭り騒ぎについて説明して、改めて知らせるまで作戦は休止だと告げた。オリーは自由契約(フリーランス)の探偵だから、自由にしていいのかどうかを知りたがった。ぼくは、だめだ、待機していろ、と答えた。もういいや。さらに四十ドルぐらい、どうってことない。

厨房に行き、約束があって二時に家を出るので昼食は一時ちょうどになるとフリッツに伝えたところ、一つ質問された。ウルフには思いついたばかりの特製オムレツを作るつもりだが、ぼくもそれでいいか、それともハムを焼くべきか? ぼくは、オムレツの材料はなんだと訊いてみた。フリッツは答えた。卵四つ、塩、胡椒、タラゴンバター大さじ一杯、生クリーム大さじ二杯、辛口の白ワイン大さじ二杯、みじん切りのシャロット小さじ二分の一、丸のままのアーモンド三分の一カップ、生のマッシュルーム二十個。それなら二人分になるだろうとぼくは思った。ところがフリッツは、とんでもない、今のはウルフさんの分だ、ぼくも同じようなオムレツを食べるのか、と言った。ぼくはもらうと答えた。フリッツは土壇場でスモモのジャムの追加を決めるかもしれないと警告してきたが、ぼくは一か八か試してみると答えた。

第十五章

午後二時三十五分。オムレツで満腹のウルフとぼくは、五番街からちょっとはずれた六十丁目近くにある〈クローバー・クラブ〉の三階で、ぐらぐらする古いエレベーターからおりた。廊下はゆったりしていて天井が高く、年代は感じられたが悪くはなかった。人は見あたらなかった。ぼくらは周囲を見て、閉まったドアの向こうから声が聞こえてくるのに気づき、そっちへ移動してドアを開け、入室した。

三ダースぐらいの人々、六人を除いて全員男だったが、白い布のかかった四角い長テーブルを囲んで着席していた。コーヒーカップ、水の入ったグラス、灰皿、メモ帳と鉛筆が置いてある。ぼくらは立っていた。ウルフは片手に帽子、反対の手にステッキを持ったままだ。三、四人が同時にしゃべっていて、だれもぼくらに目も向けない。テーブルの右側には委員の三人が座っていた。エイミー・ウィン、フィリップ・ハーヴェイ、モーティマー・オシン。反対側にはコーラ・バラッドがいて、その隣には米国作家脚本家連盟の会長、ジェローム・タッブがいた。ぼくの読んだ本の表紙に写真が掲載されていたのだ。タッブの隣は副会長だ。最近読んだ記事によれば、台本と歌詞を書いたミュージカルから、年間平均百万ドルの収入があるとか。他にも知っている顔が確認できた。小説家四人、脚本家三人、伝記作家かなにかが一人。その頃になってようやく、ハーヴェイが席を立ってこちらに来た。

会話が止まり、みんなの頭がこちらを向いた。

「ネロ・ウルフさんだ」ハーヴェイがみんなに言った。「こちらはアーチー・グッドウィンさん」

ハーヴェイはウルフの帽子とステッキを受けとった。作家だか脚本家だかの一人が席を立って、椅子を二脚テーブルのそばまで運んできた。もしぼくが会長なり、事務局長だったりしたら、椅子は準備しておいただろう。そもそも、ぼくらは出席予定だったのだから。

ぼくらが席に着くと、ジェローム・タッブが声を張りあげた。「少し早かったですな、ウルフさん」手首にちらりと目をやる。「約束した時間なのはわかっているが、こちらの議論が片づいていない」「廊下に番兵を立たせていたら、入室を阻止できたでしょう」ウルフは木で鼻をくったような態度だった。小さすぎる椅子の座面に尻を載せているときは、いつもそうだ。「わたしに関係のない議論であれば、わたしが帰ったあとで決着できる。関係があるのならば、進めればいい」

有名な女性作家がくすくす笑い、二人の男性が声を立てて笑った。有名な脚本家が言った。「ウルフさんの話を聞きましょう。いいですね？」男が手をあげた。「会長。前にも言ったが、これはきわめて異例だ。理事会が部外者の参加を認めたことはほぼない。今回を例外とする理由がわからないね。盗作問題合同調査委員会の委員長が報告と勧告をしたのだから、それに基づくべきで、われわれの――」最後まで言いおえたのだが、五、六人の他の声にかき消されて、ぼくには聞きとれなかった。

タッブはスプーンでグラスを軽く叩き、声は静まった。「ウルフさんの出席は決定事項だ」重みのある声だった。「ウルフさんを招待したと説明をした。それで、動議が出され、ウルフさんを呼んで話を聞くのに賛成となった。そして、発声投票により、動議は通過している。その問題に改めて踏みこむ余地はない。そもそも、連盟が合同調査委員会の委員長の報告と勧告のみに基づく立場をとれる理由がわたしにはわからない。この特別理事会を招集しなければならなかった理由の一つが、連盟からの三人の委員に意見の一致がみられない点だ。明確に対立がある。ウルフさんには自分の立場を述べてもらうつもりだが、まずわたしたちの議論がどのように進んだか、総体的な方向性を知ってもらうべきだろう。ついては、横槍は無用だ。ハーヴェイさん、あなたからどうぞ。簡潔に」

委員長は咳払いをして、周囲を見た。「所感はすでに話した」ハーヴェイは口を切った。「わたしは私立探偵を雇うことにははじめから気が進まなかったが、委員の多数に従った。事態は今や、委員会が設立された目的の範囲をはるかに超えてしまった。三人が殺害されたんだ。ネロ・ウルフは先週、前の水曜日に、われわれが契約を終わらせるか否かにかかわらず、サイモン・ジェイコブズを殺害した犯人を暴くと委員会で発言した。現在ではジェーン・オグルヴィとケネス・レナートの殺人犯も暴くつもりなのだと思う。いいだろう、それは結構。わたしも殺人犯を暴くのには賛成だ。ただし、それは委員会の仕事ではない。仕事ではないどころか、法律に反する可能性が高く、従って深刻な問題に巻きこまれる恐れがある。当方にはネロ・ウルフの行動に一切の統制権がない。ウルフは自由裁量権を持つ必要があり、調査の内容はもちろん、今後の方針も教えるつもりはない、と明言した。言わせてもらうが、それは危険だ。前にも言ったが、理事会が委員会にウルフとの契約終了の指示をしないのなら、わたしとしては委員を辞任するしかない。今の流れでは、そうしなければならないようだが」

二、三人がなにか言いかけたが、タッブがグラスを鳴らした。「後ほど全員に発言の機会が与えられる。オシンさん、どうぞ。簡潔に」

オシンは灰皿でたばこを押しつぶした。「今となっては、おれは立場が変わった」と切り出す。「ケネス・レナートが死んだからな。今日までは個人的利害があると非難を受けかねなかったし、実際にそうだった。一万ドルを提供したとき、レナートにその十倍の金額を払わなくてすむんじゃないかって考えが大きな理由だったことを否定するつもりはない。ただ、もう個人的な窮地からは脱したわけだ。おれの一万ドルは委員会の必要経費への寄付だし、出版社側の委員の一人、デクスターも必要な額は出すと言った。だから、ネロ・ウルフに捜査の続行を指示するべきだと思う。じゃなきゃ、臆病者だ。ウルフが殺人犯を暴きたいなら、おおいに結構だよ。殺人犯がわかれば、この盗作詐欺の黒幕も明らかになる。そのためにこそ、ウルフを雇ったんじゃないか。詐欺師は殺されたわけじゃない。まだ生きていて、まだ自由の身だ。やつが詐欺師だったばかりじゃなく殺人犯だったとわかったからってだけで、手を引くつもりなのか？　辞めるという脅しは好きじゃないし、一度もやったことはないが、ネロ・ウルフを首にする指示を委員会に出すのなら、おれは辞めなきゃならない。できれば米国作家脚本家連盟からも抜けたいね」

場がざわつき、タップがまたグラスを鳴らした。「ミス・ウィン、どうぞ。簡潔にお願いします」

エイミー・ウィンの鼻はさっきからひくひく動いていた。握りあわせた両手をテーブルの端に載せている。視線を向けるはずのルーベン・インホフがいないので、困っているようだ。「心底思うんですが、わたしはこの件に関して意見を言うべきじゃないんです。理由としては、わたしはこの――」

「もっと大きな声でお願いします、ミス・ウィン」

エイミーは少し声を大きくした。「わたしはこの前までのオシンさんと同じ立場だからです。オシンさんに賠償請求をした男性は死亡しました。でも、わたしに賠償を求めている女性、アリス・ポーターはまだ生きています。ネロ・ウルフさんの意見では、わたしの事件は別物だそうです。賠償請求のもとになっている物語は、他の人たちの掌編を書いた黒幕の作ではなく、アリス・ポーター本人が書いたという話でした。でも、そこが本当に重要なわけではありません。アリス・ポーターがエレン・スターデヴァントさんに対する賠償請求に使った物語は黒幕の手によるものなので、その人が捕まってすべてが明るみに出れば、アリス・ポーターも捕まるでしょう。そうなったら、オシンさんの言葉を借りれば、わたしも窮地を脱するわけです。ですから、わたしはまだ個人的利害があることになります。大きな個人的利害です。従って、意見を言うべきではないと思います。たぶん、委員会にも名前を連ねるべきではないでしょう。皆さんがその必要があると判断されるのなら、委員は辞めます」

「いや、すばらしい委員会だな」だれかが呟いた。「全員辞めるみたいじゃないか」ハーヴェイがなにか言おうとしたが、タッブがグラスを鳴らした。「まだ終わっていない。ウルフさんとの契約継続は、法律に反し深刻な問題に巻きこまれる可能性がある、とのハーヴェイさんの発言について、顧問弁護士から意見を聞かせてもらいたいと思う。ザックス先生？」

ぼくと同じ年頃で、肩幅のある引き締まった体つきに黒くて鋭い目の男が、唇を一舐めした。「法的にはそれほど複雑な状況ではありません」弁護士は説明をはじめた。「委員会がウルフ氏を雇ったのは盗作の賠償請求の捜査のためであり、それのみであることを、具体的かつ明確に記した書面をウルフ氏に交付すべきです。そうすれば、仮にウルフ氏がなんらかの法律違反で訴追されるような行動、例えば証拠隠滅、司法妨害に類するどのような行為をしたとしても、委員会が法的に有責とされることはないでしょう。もちろん、悪評が立ったり、ウルフ氏を雇ったことで世間体に傷がつく可能性はあります。しかし、雇用期間中に被雇用者が法を侵したとしても、犯罪が雇用者の指示、もしくは認知と承諾を得たうえで行われたのではない限り、雇用が訴訟の対象となることはありません。そのような書面の送付を決定された場合、ご希望があれば喜んでわたしが作成しましょう」

ウルフとぼくは目を見交わした。こいつの言いかたはナサニエル・パーカーそっくりだ。タッブが言った。「それで答えが出たようだ。では、ミス・バラッドに意見を述べてもらおうと思う。何度か発言しようとしたが、最後まで言わせていない。コーラ、どうぞ。簡潔に」

事務局長は申し訳なさそうな顔をした。鉛筆でメモ帳を軽く叩いている。「その」コーラは口を開いた。「実を言いますと、わたしは心配なだけなのです。ウルフさんがすばらしい人物なのはよくわかっています。捜査の進めかたを少しは拝見しましたし、皆さん全員が同じだと思います。もちろん、ウルフさんを批判するつもりはありません、先生がたが『書く』ことを心得ておられるように、ウルフさんも『捜査』を心得ています。ですが、わたしとしては連盟が殺人事件の裁判のような世間を騒がせる出来事に巻きこまれるのは嫌なのです。ハーヴェイ先生が触れなかったことを一つ。現在、ニューヨーク市警がこの事件を捜査しています。三人殺されていますから、犯人を捕まえるまで捜査の打ち切りはありえないと考えて間違いないと思います。その犯人がわたしたちの探そうとしている人物でもありますので、警察がしている捜査をさせるために私立探偵を雇う必要はないと考えます」コーラは申し訳なさそうな笑顔になった。「当方は臆病者だという意見に賛成しなくても、オシン先生が気を悪くなさらないとよいのですが」

「わたしも賛成しない」フィリップ・ハーヴェイがたまりかねたように口を挟んだ。「わからんな、どうしてわたしたちにそんな――」

タッブがグラスを鳴らしていた。ハーヴェイはそれでも続けるつもりだったが、何人かが黙らせた。

「いろいろな見かたを充分に網羅したと思う」タッブは言った。「ウルフさんは？　ご意見はありますか？」

ウルフの頭が右から左へと動き、もとに戻った。ぼくらに背を向けていた人々は座ったまま体をねじった。「はじめに」ウルフは口を開いた。「著書についての感想を申し上げたいと思います。二人はわたしに楽しみを、三人は知識を与え、一人は精神機能を刺激してくれました。二人、あるいは――」

「実名を出しなさいよ」有名な女性作家がせまった。

笑い声。タッブがグラスを鳴らした。

ウルフが続けた。「二人、あるいは三人は苛つかせるか、退屈させましたが、全体として、皆さんにはおおいに借りがあります。わたしがここにいるのは、そのためです。連盟の書簡紙の上部にお名前があるのを拝見しましたので、責任放棄をやめさせたいと思った次第です。あなたがたには、三人の暴行死に対して連帯責任があります」

五、六人が一度にしゃべりだした。タッブはグラスを鳴らさなかった。ウルフは手のひらを立てた。「失礼。わたしは事実を述べただけです。あなたがたは特別な目的のために委員会を立ちあげた。その目的に従って、委員会は捜査のためにわたしを雇った。その結果、わたしは記録を入手した。さまざまな文書や他の資料です。それを研究し、わたしはとっくに到達しているべき結論を出すにいたりました。盗作にまつわる最初の三件の損害賠償請求は、すべて一人の人物が裏で糸を引いていました。わたしは三人の賠償請求者の書いた本など、さらなる捜査資料を入手し、第二の結論に達しました。三人のなかに黒幕は存在しない。おかげで、捜査の性質が完全に変わったのです。容疑者の範囲があまりにも広がってしまい、もはやわたしの手がける種類の仕事ではなくなったと、こちらから委員会へ通告しました。賠償請求者の一人、サイモン・ジェイコブズを懐柔して情報提供者にしようという計画を提案したのは、委員の一人でした。委員会の求めにより、気は進まないながらも、わたしは計画の実行に同意しました。計画はその性質により、さまざまな人々に伝達される必要がありました。数時間のうちに、四十七人が知ることになったのです。それに伴う必然的結果として、グッドウィン君が接触する前にサイモン・ジェイコブズは殺害されてしまいました。わたしたちが追いかけている犯人はジェーン・オグルヴィもしくはケネス・レナートに同様の計画が試みられることを恐れ、さらなる必然的結果として、二人も殺害されました」

ウルフの頭が左を向き、右へと戻った。「再度指摘しますが、わたしが導き出した結論は、仮に充分な調査がなされていれば、とっくの昔に判明していました。根拠となる証拠はすべて、一年以上前からあなたがたの手元にあった。わたしが委員会本来の目的遂行を求めているうちに形成されたそれらの結論と、あなたがたの委員会に承認され、委員の一人であるオシン氏に提案された計画手順が引き金となり、三人が殺害された。あなたがたは今、尻尾を巻いて逃げるか、逃げないかを思案している。それは賢明であるかもしれないが、間違いなく勇気ある態度ではありませんな。決して尊敬に値する行為ではないとみなす人もいるでしょう。判断はお任せしますよ、ハーヴェイさん。わたしの述べた事実の正当性に異議はありますか？」

「たしかに筋は通っている」ハーヴェイは認めた。「ただ、一つ除外した点がある。適切に職務を果たすのに失敗したと、そちらから委員会に説明したじゃないか。自分の怠慢がなければ、ジェイコブズはまだ生きていただろうと認めた。そちらの不手際も委員会に責任があると？」

「そうではない」ウルフはそっけなく答えた。「あんなに多数の人間に知れ渡った計画に際しては、わたしはジェイコブズ氏を危害から保護するよう予防措置を講ずるべきだった。しかし、あなたはこれまでの見解を変えましたな。わたしの不手際は、今回の責任の本質部分を免除するものではない。わたしを無能だとして解雇したいのであれば、反対はしません。ただし、その際には委員会は義務を全うするために、別の人物を雇う必要があるでしょうな。タッブさん、意見を求められたので述べました」ウルフは立ちあがった。「これで全部なら――」

「ちょっと待った」タッブの目が動いた。「ウルフさんに質問のある人は?」

「一つある」男性が一人申し出た。「ウルフさん、ザックス弁護士の提案は聞きましたね。あなたは盗作の賠償請求について調査をするべきものであり、それのみであるという書面を当方があなたに交付するというものです。そのような書面を受け入れますか?」

「もちろんです。わたしが詐欺師を確保すれば、あなたがたは満足する。同時に殺人犯を確保することになり、わたし自身も満足するでしょう」

「では、動議を提出する。ザックス弁護士に書面の作成を依頼し、署名のうえネロ・ウルフ氏に送付し、捜査の続行を求めることを、合同調査委員会委員長に指示するよう提案する」

二人、男女一人ずつが賛成した。

「了解しているのだろうが」ハーヴェイが口を出した。「わたしはそのような指示に従うことはできない。動議が可決されれば、新しい委員長が必要になる」

「モーティマー・オシン」だれかが言った。

「それは動議を可決したあとの話だ」タッブが言った。「あるいは、否決されたあとだな。議論に入る前に、ウルフ氏に質問のある人はいますか？」

「質問したいです」女性が発言した。「殺人犯の正体を知っているのかどうかを」

ウルフは立ちあがり、唸った。「知っていれば、ここにはいません」

「他に質問は？」タップが訊いた。ないようだった。「では、動議の議論を」

「わたしたちは必要ないでしょう」ウルフは言った。「出席させていただき、ありがとうございました。それから、わたしの冒頭の発言が、主にあなたがたの責任放棄を防ぐために出席を承知したという印象を与えたのでしたら、訂正しておきたい。わたしは報酬も手に入れたいのです。来なさい、アーチー」

ウルフは背を向けて、ドアへ進んだ。ぼくは開けてやるために、帽子とステッキをとりに椅子へ寄り道してから、先回りした。

第十六章

ぼくらが帰宅したのは、三時五十五分だった。ウルフが蘭の世話をする午後の時間にぎりぎり間に合った。ぼくの机の上には、フリッツが電話のメモを三枚置いていた。ロン・コーエンから一本、タイトル・ハウスのデクスターから一本、個人的な友人から一本。ぼくはデクスターに電話をかけた。あることを知りたがっていた。米国作家脚本家連盟の理事会がウルフとの契約終了を合同調査委員会に指示するための特別会議を開いているという噂は多少なりとも本当なのか。良心的な人物とはいえ、作家や脚本家のこれまでや現在の動きを出版社にばらすのはまずいだろうと思い、その噂は耳にしたがはっきりしたことは一つも知らないと答えた。嘘じゃない、ぼくらは動議の採決まで残らなかったのだから。米国作家脚本家連盟の理事会が合同調査委員会に指示は出せないことを承知していなかったのなら、じきに承知するだろうと、デクスターは言っていた。ロン・コーエンは放っておいた。どうせまたかけてくる。個人的な友人は個人的な用件だ。ぼくはそれにも対応した。

五時少し過ぎ、ソール・パンザーがカーメルにあるドラッグストアの電話ボックスから連絡してきた。「釈放された」ソールは言った。「カラスみたいに自由だ。無罪放免だよ。弁護士はミス・ボナーやフレッドと一緒にソーダ水売り場でミルクシェイクを飲んでる。さて、どうする?」

「計画はないんだ」ぼくは答えた。「見張りを続けるって目は消えたんだろうな?」

「そうだな。方法がわからない。現場をちょっと車で回って戻ってきたばっかりなんだ。おれたちが使ってたのと同じ場所に車があった。きっと保安官補だ。たぶん、家を見張ってたんだろう。それに、ミス・ボナーとミス・コルベットが使ってた場所の近くにも、男の乗った車が一台駐まってた。どうもステビンズがパトナム郡を丸めこんだらしい。残る手は、裏側から近づくくらいだな。別の道路から木が茂った丘に向かって一マイルぐらい歩く。で、双眼鏡だ。家からの距離は五百ヤード。もちろん、日が落ちたらどうにもならない」

たとえ日が落ちる前でもさほど変わらないだろうから、フレッドともども家に帰って少しは寝て待機していてくれと答えた。ドル・ボナーにも、なにかあれば連絡すると伝えるように頼んだ。通話が終わった二分後、また電話が鳴った。

「ネロ・ウルフ探偵事務所、こちらはアーチー・グッドウィンです」

「盗作問題合同調査委員会の委員長だ。声でわかるよな」

「はい。接戦でしたか?」

「部外者に審議についての詳細は明かさないことになっている。ただ、接戦じゃなかった。書面は作成しているから、明日にはそっちに着くだろう。次の手を教えてくれとは言わない、ウルフも詳細は明かさないんだからな。ただ、結果を承知しておきたいだろうと思ってね。こっちも勇気ある態度を示し尊敬に値する行為をするんだよ、たまにだが」

「そうですね、オシンさん。拍手を送りますよ。新しい委員はだれになったんです?」

「ああ、ハーヴェイは委員のままだよ。委員長を辞めただけだ。目を離したくないんだろうさ。雑用係が必要なら知らせてくれ」

ぼくは、わかりましたと答えた。

ウルフが六時におりてきて、ぼくは電話について報告した。デクスターとソールとオシンからのだ。報告が終わったとき、フリッツが盆を持ってきた。ビール瓶とグラスが一つ載っている。ウルフが睨みつけ、フリッツは机に向かう途中で立ちどまった。

「アーチーの差し金だな」ウルフの声は冷たかった。

「ちがいます。わたしがもしかしたらと――」

「戻せ。わたしは誓ったのだ。戻すんだ！」

フリッツは出ていった。ウルフは代わりにぼくを睨んだ。「アリス・ポーターはまだ生きているのか？」

「さあ。今朝八時にソールが見たそうです。十時間前ですね」

「あの女に会いたい。連れてこい」

「今ですか？」

「そうだ」

ぼくはウルフをじっと見た。「いつか」こう言い返した。「あなたはイギリス女王を連れてこいって言い出すんでしょうよ。で、ぼくは全力を尽くすと。ですが、過去に二、三度、あなたがだれかを連れてこいと命じて、実際ぼくが連れてきたら、やりかたがお気に召さなかったことがありましたよね。今回、ご提案はありますか？」

「ある。エイミー・ウィンに対する損害賠償請求で和解をする準備ができたと言え」

ぼくは片眉をあげた。「和解の内容を知りたがったら？」

「きみは知らない。きみが知っているのは、わたしの準備が整ったことだけだ。それに明日では遅すぎるかもしれないことだな」

「エイミー・ウィンに電話されて、あなたが和解の準備を依頼されていないことがばれたら？」

「そのためにここから電話をかけるのではなく、襲撃にいくのだ。ミス・ポーターはおそらく電話をかけはしないだろう。が、かけるとなったら、わたしはミス・ウィンの代理として申し入れをしているのではない、と言うんだ。わたしは依頼人、つまり委員会の代理として申し入れをしているとな。必要にせまられない限り、できればその発言はさせたくないのだが」

「わかりました」ぼくは立ちあがった。「あなたが実際になんの話をするつもりなのか、ぼくに見当がついていたら、役に立ちますかね？」

「いや。エレベーターでおりてくるときに思いついたばかりだが、とうの昔に思いついているべきだったのだ。自分の精神がきちんと機能しているのか、疑問を感じはじめている。きみも思いついているべきだ。あの女にかける圧力は、まるまる一週間まともに目の前にあったのだから。わたしたちは二人ともそれに気づくだけの知恵がなかった。こう指摘した以上、もちろんきみにもわかるだろう」

ところが、わからなかった。車を出しにガレージへ行く間、九十分の運転中と、時間はたっぷりあったのだが、要するに答えは見つけられなかった。読者は見つけているかもしれない。まだだったとしても、今なら三分も考えれば見つかるだろう。もちろん、ぼくは規格外のばかだと思われるかもしれない。ただ、そちらがすべてをひとまとめにして読んでいるのに対し、ぼくは延々二週間も事件と付き合ってきたのだし、三件の殺人も含めて心に引っかかっていることがたくさんあった。ともかく、ばかにしろそうでないにしろ、ぼくが気づいたのは、三〇一号線を曲がって舗装路に入ったちょうどそのときだった。その瞬間、急にわかった。ぼくはブレーキを踏んで路肩の草地に入り、車を停めて、そのまま考えなおしてみた。ウルフが自分の精神機能を疑ったのも無理はない。一目瞭然だった。ぼくはアクセルを踏んでゆっくりと道路に戻り、走り続けた。アリスの尻尾はつかまえたのだ。

とはいえ、まずはアリス本人をつかまえなければならない。Xがぼくの先回りをして到着し、アリスにナイフを突き立てていたら、ぼくは茹でたキュウリに対する立場を逆転するつもりだ。犯人を捕まえるまで、ぼくは茹でたキュウリ以外を口にしない。舗装路をのんびり進んで、ドル・ボナーとサリー・コルベットが使っていた場所の近くで車にいる男を見つけられるかどうか試してみるつもりだったが、今は気がせいていた。急ぎすぎていたくらいだ。半マイルの曲がりくねった細い未舗装路を走っているとき、道路の中央が高くなっているところで、うっかりして車の底部をこすってしまった。ヘロンのセダンはそんなふうに扱うものじゃない。スピードを落とし、石塀の間を曲がって小道に入り、轍に沿ってがたがた揺れながら、小さな青い家を目指した。八時十分過ぎで、太陽はちょうど山の稜線の向こうに沈んでいくところだった。

車を停止させる前に、アリスを見つけた。左側へ二百ヤード離れたところ、石塀のそばに立っていた。二色の雑種犬は主人の横で尻尾を振っている。塀の反対側には、男の上半身が見えていた。アリスの大声が草地を渡って響いてきた。ぼくは車を降りてそちらに向かったが、近づくにつれ、言葉が聞き分けられるようになった。「……だから、保護は必要ないし、ほしくもないって言ってるって、保安官に伝えればいいでしょ！　ここから出てって、二度と来ないで！　危険なんてないし、あったとしても自分でなんとかできるから！　今朝もあの州の警察官に言ったでしょ、わたしには必要ない……」

男の視線がアリスから離れ、ぼくに向けられた。アリスが振り向く。「また来たの？」と、咎められた。

ぼくは塀の前で立ちどまり、反対側の男に声をかけた。「不法侵入と徘徊だ」きっぱり宣告してやった。「おまけに治安妨害行動だな。覗きは三年以下の懲役を食らう可能性がある。消えろよ」

「あんたもね」アリス・ポーターが言った。「二人とも、出てって」

「わたしは法を執行する役人だぞ」男は片手をあげて、バッジを見せた。「パトナム郡の保安官補だ」全員の睨みあいになった。「ステビンズ巡査部長に知らせろよ」ぼくは男に言い渡した。「アーチー・グッドウィンがここにいるってな。きっと喜ぶぞ」ぼくはアリスに向き直った。「十日前に会ったときには、話をするつもりはない、一言も、って言い張ってましたが、気は変わってないみたいですね。ただし、申し入れにきたら聞く、とも言ってました。というわけで、一つ提案があるんですが」

「どんな提案？」

「あなただけに対する提案なので。保安官補は興味がないと思います」まっすぐこちらを見ると、アリスの目はさらに間が狭く見えたし、小さな鼻はほとんどないみたいだった。「わかった」アリスは言った。「聞きます」そして、保安官補に言う。「ここから出ていって、入ってこないで」アリスは背を向けて、家のほうに歩きだした。

草地を横切る行列ができた。先頭がアリス、次が犬、その次がぼくだ。が、行列になったのは保安官補のせいだ。保安官補は塀を乗り越えて、ぼくの十歩後ろからくっついてきた。アリスが振り返って保安官補を確認したのは、家のドアの前に来てからだった。ぼくの車の横で足を止め、反対側にある運転席のドアを開けていた。「大丈夫ですよ」ぼくは言った。「調べさせておきましょう。暇つぶしが必要なんでしょうから」アリスがドアを開けると、犬が小走りで入っていった。ぼくも続いて入った。

外から見て想像したよりも広い部屋で、なかなかいい感じだった。「座りたかったら、どうぞ」アリスはそう言って、自分は百六十ポンドの体重を柳の長椅子に預けた。ぼくは椅子を引っ張ってきた。

「どんな提案?」アリスが訊いた。

ぼくは腰をおろした。「実際にはわからないんですよ、ミス・ポーター。知ってるのは、ネロ・ウルフです。一緒にニューヨークの事務所まで来ていただけたら、本人が説明するでしょう。エイミー・ウィンに対する賠償請求を解決する提案です」

「エイミー・ウィンからの提案?」

「細かいことはまったく知らないんです。ですが、そうだと思います」

「だとしたら思い違いね」

「よくあることですから。単なるぼくの印象です。ウルフさんが依頼人、米国作家脚本家連盟と米国書籍出版物協会による盗作問題合同調査委員会の代理として提案をしたいという可能性もあります。まあ、ぼくの見立てでは、エイミー・ウィンからですね」

「見立ては得意じゃないみたいね。やめたほうがいいわ。わたしはネロ・ウルフと会うためにニューヨークへ行くつもりはありません。本当に提案をするつもりがあって、あなたがその内容を知らないなら、電話をかけて訊いてみなさいよ。電話はそこ。受信人払いにして」

アリスは本気だった。ぼくは足を組んでいたが、それを戻した。ウルフが提案した方法がうまくいかなかったのだから、自分でなんとかするしかないだろう。「いいですか、ミス・ポーター。電話をかける代わりにぼくがわざわざ車でここに来たのは、あなたの回線が盗聴されている恐れがあると思ったからですよ。保安官補が一日中あの石塀の陰に隠れていたのはなぜです？　ここから一マイル離れた道路近くの茂みの陰で、車に乗った男が隠れてるのはなぜです？　今朝、州警察が会いにきたのはなぜです？　この騒ぎをはじめたのはだれです？　ぼくは答えを教えられますよ。ニューヨーク市警のパーリー・ステビンズって警官です。マンハッタン西署殺人課の巡査部長なんです。たぶん、知ってるんじゃないかと思いますけど、この二週間に発生した三件の殺人事件を捜査してます。外で会った保安官補は、警護のためにここにいるって言ってましたよね。嘘です。あなたが高飛びしないように、ここで見張ってるんです。ニューヨークまで車で移動すれば尾行されます。今にわかりますよ、ぼくは――」

「ニューヨークには行きません」

「だとしたら、あなたはとんでもないばかですよ。殺人事件であなたに関する手がかりとして、ステビンズがなにを握ってるのかは知りませんが、なにかあるはずです。じゃなければ、なにか握ってるとステビンズは思ってるんです。そうでない限り、ステビンズがここまで来て、パトナム郡の役人をあなたにけしかけるわけがない。ネロ・ウルフがあなたに会いたい理由、それも急いで会いたがる理由をちゃんと教えてくれなかったのは、嘘じゃありません。それでも、これだけは知ってます。ウルフさんはあなたを殺人事件の容疑者とは思っていない」

「ウルフは提案をしたいって話だったでしょ」

「たぶんそうでしょう。あなたにそう伝えろと言ってました。ぼくにわかってるのは、これだけです。

自分がなんらかの形で殺人事件に関係していて、おまけにそれが三件の連続殺人で、ネロ・ウルフが捜査に乗り出し、至急会いたいと言ったとしましょう。で、無実だったとしたら、ぼくは言い争いにだらだら時間をかけたりしませんね」

「殺人事件に関係なんてない」アリスは食いついた。目つきでわかった。

「そりゃよかった。ステビンズ巡査部長にそう言うといい」ぼくは腰をあげた。「それを聞いたら喜ぶでしょうね。警護者との話し合いに割りこんだりして、すみませんでした」ぼくは背を向けて歩きだした。ドアまで半分ほど進んだところで、アリスの声がした。

「ちょっと待って」

ぼくは立ちどまった。アリスは唇を噛んでいた。ぼくを見ているのではなく、あちこちに視線を動かしている。最後にようやくこちらを見つめた。「一緒に行ったとしたら、どうやって帰ったらいいの？　車に乗っていけるけど、夜の運転は好きじゃないのよ」

「送りますよ」

アリスは立ちあがった。「着替えてくる。外に出て、あのむかつく保安官補にとっととどっかに行けって言っといて」

ぼくは外に出たが、アリスに頼まれた伝言は届けなかった。最初にちらっと視線を飛ばしたとき、法の番人は見あたらなかった。が、やがて見つかった。草地の向こう側、石塀のそばにいる。もう一人もいた。どうやら二十四時間の見張りらしく、交代が来ていたのだ。わだかまりがないことを示そうと、ぼくは手を振ったが、連中は振り返さなかった。車の向きを変え、緊急対応セットがまだ入っているかとトランクを覗き、グローブボックスの中身を確認したら、ほどなくアリス・ポーターが出てきて、ドアに鍵をかけて犬を撫で、車に乗りこんできた。犬は塀の間から未舗装路までついてきて、そこでぼくらを見送った。

舗装路では時速三十マイル以下を保った。興味がある人ならだれでも、アリスがぼくと車に乗っているのを確認して、道路に出て尾けてくる時間を与えるためだ。三〇一号線の合流点で停止したとき、ミラーで尾行を確認した。ただ、カーメルの反対側のはずれまで進んで、間違いないと思えるまで、アリス・ポーターには注意しなかった。まくのもおもしろかっただろうが、ずっと尾行されていたらアリスをウルフとの話し合いに前向きな気分にする一押しになるかもしれない。なので、妨害工作はしなかった。アリスは四分おきくらいに座席で体をねじって後ろを確認していて、車を十番街のガレージに入れた頃には、首を休める必要があっただろう。三十五丁目まで一ブロック歩いて角を曲がり、古い褐色砂岩の家に向かうぼくらを尾行するのに、車を駐めてくるはずの追跡者が間に合ったかどうかは知らない。

ぼくはアリスを表の応接室に通して手洗いのドアを教えたうえで、事務所へ直接通じるドアを使わずに廊下を経由して入った。ウルフは机でフランスの雑誌を見ていたが、顔をあげた。「つかまえたか？」

ぼくは頷いた。「先に報告したほうがいいと思います。相手の反応がちょっと妙に思えたので」

「どう妙なんだ？」

ぼくは逐語的に報告した。ウルフはのみこむまでに十秒かけ、こう言った。「通せ」ぼくは応接室との境のドアに向かい、開けて声をかけた。「どうぞ、ミス・ポーター」アリスは上着を脱いでいた。ブラをつけていないか、新しいのを買う必要があった。ウルフは立ちあがっていた。ウルフの女性に対する感覚を踏まえれば、入室してくるからとわざわざ立ちあがる理由は、まるでわからない。アリスが赤革の椅子に座り、肘掛けに上着をかけるのを待ってから、ウルフはまた腰をおろした。

ウルフはアリスをじっと見つめた。「グッドウィン君の話では」丁寧な口調で切り出す。「あなたやご自宅は充分に警護されているそうですな」

アリスは座ったまま、肘を椅子の腕に載せて身を乗り出した。「警護なんて必要ない」アリスは言った。「この人は殺人の容疑者にされてるってわたしを脅そうとして、ここまで来させた。簡単には脅されないから。怖くないので」

「それでも、あなたは来た」

アリスは頷いた。「来た。これがなんのゲームか、知りたかったから。この人は提案がどうのとか言ってたけど、わたしは提案があるなんて思ってない。なにがあるの?」

「それは間違いです、ミス・ポーター」ウルフはゆったりと椅子にもたれた。「ちゃんと提案はあります。あなたが犯した罪に対して、訴追の恐れを軽減する提案の準備ができています。もちろん、見返りは手に入れるつもりですがね」

「だれもわたしを訴追したりしない。なんの罪も犯していないから」

「ですが、犯しています」ウルフは非難せずに、穏やかな態度のまま淡々と事実を並べた。「深刻な罪です。重罪ですよ。今言及しているその罪の詳細を述べる前に、背景を多少説明する必要があります。まず、わたしの提案を受け入れれば刑罰を受けることはないでしょう。四年前の一九五五年、あなたは盗作を指摘する偽りの訴えを起こしてエレン・スターデヴァントから金を引き出す目的で、だれか、わたしの知らない人物と組んで、陰謀に手を染めた。それは――」

「でたらめよ」

「そうであれば、中傷となり、あなたはわたしの弱みを握ることになる。翌一九五六年、Xと呼ぶことにしますが、その同じ人物はリチャード・エコルズを食い物にするためにサイモン・ジェイコブズという男性と組んで同じような詐欺行為をした。一九五七年にはマージョリー・リッピンを餌食にするためにジェーン・オグルヴィという女性と一緒に犯行を繰り返した。三件の詐欺はすべて成功した。大金が転がりこんだ。昨年、一九五八年、Xはケネス・レナートという男性と組んで再度犯行を試みた。今回の狙いは脚本家、モーティマー・オシンだった。五日前、レナート氏が死んだ時点では、和解は整っていなかった」

「たぶん、全部でたらめね。わたしに関する話は嘘だから」

ウルフはアリスの発言を無視した。「あなたがわたしの提案を理解するのに必要不可欠なことだけに絞って、できるだけ簡潔な話にします。わたしがXの存在を知ったのは、あなたとサイモン・ジェイコブズとジェーン・オグルヴィ、三人の損害賠償請求の根拠となった三編の物語における文章上の研究の結果です。三編はいずれも同一人物によって書かれていました。その点は論証可能で、疑問の余地はありません。わたしは自分の発見についてやむなく七人に話しましたが、その人たちからさらに広まったでしょうな。サイモン・ジェイコブズを懐柔してXの正体を暴こうという計画が練られた際は、五十人ほどに伝わりました。Xはその計画を知り、わたしたちが接触する前にサイモン・ジェイコブズを殺害したのです。そして、わたしたちが同様の計画をジェーン・オグルヴィもしくはケネス・レナートに試みることを恐れて、二人も殺害しました。その男があなたも殺さなかった理由は知りません。女かもしれませんが」

「そんな必要がどこにあるのよ？　Xなんて知らない。わたしはあの掌編、『愛しかない』を自分で書いた」

「それならば、あなたがXです。ただ、あなたは犯人ではないと信じる理由が、わたしにはあります」ウルフは首を振った。「ちがいますな。あなたは自分の名前で出版された本、『ピーナッツを食べた蛾』を書きましたか？」

「もちろん、書いたから！」

「では、『愛しかない』は書かなかった。その点も論証可能です。以上が背景です」ウルフは体を起こし、机の上で片手を広げた。「さて、ここからが肝心の点です。わたしはエイミー・ウィンに対する損害賠償請求の根拠となる掌編、『幸運がドアを叩く』の文章も研究しました。あなたがあの作品を書いたのですか？」

「当然でしょ！」

「その点は信じますよ。あの作品は、『ピーナッツを食べた蛾』の作者によって書かれていた。しかし、その場合あなたは、『愛しかない』を書かなかったことになる。その事実を、老練な裁判官もさまざまな人からなる陪審も、合理的な疑いの余地なく納得できるまで立証します。あなたのエレン・スターデヴァントに対する請求が詐欺だったこと、あなたが書かなかった物語に基づいた訴えだったことを論証できたなら、エイミー・ウィンに対する賠償請求であなたの信義誠実にどれだけの信用性が認められると？　わたしはあなたの請求を即刻拒絶するようミス・ウィンに助言するつもりです」

「やれば」簡単に脅されたりしないというアリスの発言は、どうやら本当だったようだ。

「心は動かされませんか？」ウルフはやはり穏やかだった。

「まさか。そっちは嘘をついているか、はったりを言ってるだけなんだから――わたしがそっちの狙いをちゃんと把握しているならね。わたしの本、『ピーナッツを食べた蛾』と文体がちがうことを指摘して、わたしが『愛しかない』を書かなかったことを証明できると思ってるのよね。そうでしょ？」

「そうです。文体の要素すべて――語彙、統語法、段落分け――を含めているのであれば、おっしゃるとおりです」

「証明しようとしてるところを見たいもんだわ」アリスは冷ややかな口調で言った。「少しはものを書ける作家ならだれでも、文体をまねできる。しょっちゅうやってるじゃない。模倣作品をよく見てみなさいよ」

ウルフは頷いた。「もちろんです。世界の文学にはパロディーの名作が数多く存在します。ですが、あなたは肝心の点を見落としていますな。先ほど言いましたが、最初の賠償請求三件の基礎となった三つの掌編は、すべて同一人物によって書かれたものなのです。別の表現がお好みなら、こう言い換えましょう。三作の文体を比較すれば、著述業でそれなりの研究者か経験を積んだ編集者、あるいは作家ならだれでも、すべて同じ人物の作品だと確信するはずです。あなたはその人物の存在を認めるか、『愛しかない』を書いたときにはあなたの著作に見られる通常の文体とはまったく別の文体を作りあげた、あるいは、第三者――Yとしますが――の文体を模倣したと主張するしかない。サイモン・ジェイコブズが『わたしのものはあなたのもの』を書いたときには、Yもしくはあなたの物語を模倣した。ジェーン・オグルヴィが『天上ならぬ俗世界にて』を書いたときは、Yもしくは未出版のあなたの物語、さもなければやはり未出版のサイモン・ジェイコブズの物語を模倣した。明らかにありえない話です。そんなおとぎ話を法廷に持ち出したら、陪審は評議のために離席する必要さえないでしょうな。それでもまだ、『愛しかない』を自分で書いたと主張されますか?」

「します」ただ、アリスの口調は変わっていた。目の力も。「サイモン・ジェイコブズとジェーン・オグルヴィの作品は一度も見たことがありません。やっぱりはったりだと思う」

「作品はここにあります。アーチー、出してくれ。ミス・ポーターの作品も」

ぼくは席を離れ、金庫から原稿を出してアリスに手渡し、そのまま立っていた。

「ごゆっくりどうぞ」ウルフが声をかけた。「夜は長いですから」

アリスの原稿が一番上だった。一ページ目にちらりと目をやっただけで、椅子のそばにある小さなテーブルに置く。次はサイモン・ジェイコブズの『わたしのものはあなたのもの』だった。アリスは一ページ目と二ページの途中まで読んでから、テーブルにある自分の原稿の上に重ねた。ジェーン・オグルヴィの『天上ならぬ俗世界にて』については、一ページ目は読みおえたものの、二ページ目は見もしなかった。その原稿も置かれて、ぼくは椅子を回って回収しようとしたが、アリスがさらに検証を望むかもしれないからと、ウルフにそのままにしておけと言われた。

ウルフはアリスを見据えた。「これで、はったりではないとわかりましたな」

「そんなこと言ってない」

「それらの原稿に対するおざなりな確認で、言ったも同然ですよ。相応の検証をするか、肝心の点を認めるかです」

「なにも認めてませんから。提案があるって話だったでしょ。どんな内容?」

ウルフの口調が鋭くなった。「まずは脅しです。二重の脅しです。エレン・スターデヴァントが名誉毀損と支払った金の返還を求めて訴訟を起こすには充分な根拠があると、わたしは考えます。証拠法則の法律的な問題点が絡んでくるでしょうが、わたしは弁護士ではありませんのでね。それでも、エイミー・ウィンが名誉毀損であなたを公然と訴えることは可能で、恐喝未遂罪で訴追することもまた可能だと確信しています」

「やらせてみなさいよ。そんな度胸、あの女にはないでしょうよ」

「あると思いますね。また、ヴィクトリー出版宛てのあなたの手紙も読みましたよ。エイミー・ウィンと同じく、あなたは同社にも金を要求していた。今と同じ状況説明をインホフ氏にする際、恐喝未遂であなたを訴える手続きに入るよう勧めるつもりです。ミス・ウィンと合同、もしくは単独で。インホフ氏は躊躇しないはずです。原稿が自分の事務室に置かれたことに大変立腹していますから」

ついにアリスは心を動かした。口を開け、閉じる。唾をのむ。唇を噛む。結局、こう言った。「原稿は置かれたんじゃない」

「いやいや、ミス・ポーター」ウルフは首を振った。「少しでも頭が働くのであれば、そんな話は通用しないとわかるはずだ。その物語の追加検証をお望みですか？」

「必要ない」

「では、しまってくれ、アーチー」

ぼくは原稿を回収し、金庫に入れて扉を閉めた。ぼくが机に戻ると、ウルフは話を進めた。「脅しは以上です。今度は提案です。その一。エレン・スターデヴァントにあなたに対して訴訟を起こすよう助言するつもりはありません。自分自身の判断でミセス・スターデヴァントが行動に出る可能性はありますが、わたしから誘導したりはしません。その二。ミス・ウィンとインホフ氏には、民事事件でも刑事事件でもあなたを訴えないように説得するつもりです。説得可能との自信はあります。これが取引におけるわたし側の条件二項となります。あなた側も同じく二項となります。その一。エイミー・ウィンとヴィクトリー出版に対する損害賠償請求権の放棄を文書で示すこと。犯罪行為の告白ではありません。錯誤により請求権を放棄すると書くだけです。文書は弁護士によって作成されるでしょう。その二。Xの名前をわたしに教えてもらいます。要求は名前だけです。他は一切不要――」

「Xなんて知らない」

「くだらん。証拠や詳細を一切提供する必要はありません。それは自分で入手します。文書にする必要もありません。名前と居場所を話すだけでいい。Xがサイモン・ジェイコブズ、ジェーン・オグルヴィ、ケネス・レナートを使った陰謀については、あなたがなにか知っていたとは考えていません。その三人の殺害についても。一連の事件についてあなたは一切関知していなかったと、積極的に判断する用意があります。『愛しかない』を書いた人物の名前を教えてくれるだけで結構」

「書いたのはわたしです」

「意味がわからん。そんな話は通用しませんよ、ミス・ポーター」

「通用しなきゃならないの」アリスは膝の上の両手をかたく握りしめ、額には汗を浮かべていた。

「他のこと、ヴィクトリー出版とエイミー・ウィンについては、しかたないわね。言われたようにする。先方がわたしに賠償を求めたり裁判にしたりしないって書類にサインするなら、錯誤により損害賠償請求は断念するってサインする。それでも、そっちが証明できるって言ったことを実際にできるとは思わない。はったりじゃないかもしれないけど、証明できるのはあの三つの物語の文体にはどこかしら類似点があるって指摘ぐらいじゃないの。どこかにXが存在するって考えたいなら勝手にすればいいけど、その男のことを一切知らないのに名前を言えるわけないでしょ」

ぼくはアリスから目が離せなかった。こんなに立派な嘘つきだとは思わなかった。自分がどれほど人間の判断に優れていると思っても、ある男がなにかをどの程度うまくやりこなすかは実際に見るまで確実なところは絶対にわからないのだな、と考えていた。いや、女もだ。アリスから真実を引き出せるだろうと思っていた圧力はさらなる力がない限りうまくいきそうもない、とも考えていた。ウルフはどんなふうに次の圧力をかけるのだろうか？　なにも言わないのだから、ウルフも同じ質問を自分に投げかけているはずだ。ぼくは視線をウルフに移した。

そして、びっくりした。ウルフはしゃべらなかっただけじゃなく、見てもいなかった。目を閉じて椅子にもたれ、唇を動かしている。唇を突き出してすぼめ、引っこめる——出しては引っこめ、出しては引っこめ。これをやるのは決まったときだけで、そういうときは決まってやる。ウルフは探し求めていた裂け目を発見し、もしくは発見したと考え、そこから真相を覗こうとしているのだ。繰り返しになるが、ぼくはびっくりした。アリス・ポーターに圧力をかける方法を考えだすことが、ウルフの頭脳にそれほどの負荷であるはずがない。脅しを実行したら、どんな目に遭わなければならないかを指摘するだけでいい。ぼくはアリスに視線を戻した。バッグからハンカチを出して、額を拭いているところだった。

ウルフは目を開けて体を起こし、頭を傾けた。「結構、ミス・ポーター」と声をかける。「知らないものを教えることはできない。あなたが本当に知らないとすればですがね。わたしは自分の推測と結論を再検討しなければならない。ミス・ウィンやインホフ氏と協議して、改めてこちらから連絡します。二人は確実に提案した取り決めに同意するはずです。グッドウィン君が車でお送りします。アーチー？」

だから、ウルフの頭への負荷は圧力以外のことなのだ。ただ、それがなんなのか、ぼくには見当もつかなかった。そういうふうになったとき、ウルフがどこか見えない場所へ行ってしまった場合には、ぼくは絶対に大声で騒ぎたてないことになっている。特にお客がいるときには。そこで腰をあげ、途中でなにか用事はあるかと尋ねてみたが、ウルフはないと言った。アリス・ポーターはなにか言いかけたが、やめることにしたらしい。ぼくが上着を広げて持つと、アリスは袖を通すのに二回失敗した。ぼくにも責任があったかもしれないのは認める。上の空だったのだ。会話、アリスの言葉を思い返し、なにがウルフに裂け目を開けたのか、特定しようとしていた。

三時間二十分後の午前二時半、古い褐色砂岩の家のポーチへあがり、玄関に入ったときもまだ特定作業は続いていた。帰り道でパークウェイを走っているとき、ぼくはわかったと思った。アリス・ポーターがXなのだ。一作目の『愛しかない』を書いたとき、アリスは自分の本の文体とはできるだけかけ離れた文体を使ったのだ。が、その考えにはまずいところが三つあった。その一。最初の作品で文体を作りあげるくらい悪知恵が働くのなら、他の二作では一作目のまねをする代わりに別の文体を作らなかったのはなぜだ？　その二。エイミー・ウィンに対する請求で使った『幸運がドアを叩く』で本来の文体を使ったのはなぜだ？　その三。ウルフが一時休止を宣言してお決まりの唇の運動をはじめるほど、アリスこそXだという強い疑いを与えたのは、アリスのどの発言だったのか？　ぼくは特定作業を一からやり直さなければならず、家に着いたときもまだその最中だった。

机の上にはぼく宛てのメモがあった。

AGへ

ソール、フレッド、オリー、ミス・ボナー、ミス・コルベットが明朝八時にわたしの部屋に来る。費用として渡すため、金庫から千ドル出した。きみが同席する必要はない。もちろん、起床は遅い時間だろうから。

NW

ウルフにはウルフの規則があるし、ぼくにはぼくの規則がある。ぼくは頭を枕に載せたあとは、知力を消耗することを断固として許さない。普通なら自動で作用するのだが、その夜は少々制御が必要だった。ぼくの意識が遠のくまでには、たっぷり三分かかってしまった。

第十七章

　水曜日の午前三時にベッドに入り、十時に出た。ぼくは普段八時間の睡眠を必要としているので一時間足りなかったが、ウルフが唇を動かし、アリス・ポーターに見切りをつけ、雇った助っ人の五人全員と朝食前に打ち合わせる手配をして、事件解決の準備が整いつつあるような情勢だ。そういうことなら、ぼくは喜んで大きな個人的犠牲を払うべきだろう。というわけで、ぼくは十時に起床した。シャワーと着替えと朝食もてきぱきこなし、十一時十五分に事務所に入った。ウルフが植物室からおりて、十五分しか経っていない。ウルフは机に向かい、朝の郵便を整理していた。ぼくは席について、ウルフが封筒を開けるのを見守った。手の動きはすばやく正確で、腰をおろしたままできるなら、手仕事は得意そうだ。ぼくは手伝いましょうかと声をかけたが、要らないと言われた。次に、指示はあるかと訊いてみた。

「おそらくは」ウルフは開封作業をやめ、顔をあげた。「二人であることを議論したあとだな」

「結構です。あまり複雑なことでなければ、議論できるくらいに目は覚めています。まず、カーメルまでの車中におけるアリス・ポーターとの会話を報告しようと思います。ある地点で、アリスは言いました。『目のせいで夜は絶対に運転しない。頭痛を起こすのよ』これが収穫です。それ以外は一言もありません。あなたがあんなふうに突然アリスを放り出したあとでは、どこを突けばいいのか見当もつかなくて、なんの進展もありませんでした。次に、ソールとフレッドとオリーとドル・ボナーとサリー・コルベットがなにを狙っているのか、ぼくが多少知っていたところで害はないでしょう。そうすれば、みんなが電話してきたとき、なんの話をしているのかわかるでしょうから」

「報告はわたしに入る」

「わかりました。またそれですか。ぼくが知らないことは、あなたの害にはならないんですね」

「知らなければ、きみのしらばくれる労力が節約できる」ウルフは使っていたナイフを置いた。角の柄がついたナイフで、一九五四年にアルバニア国境にある古い砦の地下室でブアという男に投げつけられたものだった。ぼくがブアを撃ったマーリー三八口径は、ぼくの机の引き出しに入っている。ウルフは続けた。「それに、きみは不在となる。なぜ、アリス・ポーターは生きているのか？　この疑問によって導き出された仮説がある。Xは他の三人をあれほど迅速に排除しておきながら、なぜアリス・ポーターの排除を試みないのか？　自分に危険はないとアリス・ポーターがあんなに自信満々なのはなぜか？　あの孤立した家に一人きりでいて、同居するのはだれにでもなつく犬一匹だけだ。Xが昼夜問わず戸口や草むらの陰に潜んでいる可能性があるのに、なんら恐怖を示していない。なぜだ？」

ぼくは片手を払った。「理由は一ダースもありますし、そのうちのどれでもいけます。一番いいのは、一番単純な理由ですね。おまけにしょっちゅう使われてきた手ですから、アリスは頭をひねる必要もなかったでしょう。自分とXがエレン・スターデヴァントから金を脅しとった詳しい経緯を文書にして、たぶんそれがXの発案だと書き、封筒に入れる。裏付けになるものも同封する。例えばXの自筆の文書、自分に宛てたXの手紙を何通かとか。そうしておけばなおいい。封筒は蠟とテープで完全に封をし、表に『わたしの死後のみに開封すること』と書いて署名する。それから指示を守ると信用できるだれかに封筒を預け、Xにその予備工作を教える。そのうえでおそらく、自分が書いた文書の写しを送りつけるか手渡す。これでXは手詰まりです。この方法は紀元前三千年ぐらいにはじめて採用されて、それ以来百万回は使われているでしょうが、いまだに有効です。これで何千人もの恐喝者の命が守られましたし、アリス・ポーターみたいな善良な市民も大勢助かりました」ぼくはまた片手を払った。「これが一番お気に入りですが、もちろん他の手もあります」

ウルフは唸った。「その考えでいいだろう。わたしが導き出した仮説もそれだ。可能性はかなり高いと思う。そこで、封筒はどこにある?」

ぼくは片眉をあげた。「たぶん合衆国内のどこかでしょう。現在は五十州ありますね。国外に送ったとは考えにくいんじゃないかと。見つけてほしいんですか?」

「そうだ」

ぼくは立ちあがった。「お急ぎですか?」

「ふざけるな。わたしは可能性が高いと考えているが、そのような封書が仮に存在するのなら、ありかを知りたい。入手できたらなお結構だが、所在を突きとめるだけでも充分だろう。どこから手をつけるつもりだ?」

「よく考えてみる必要があります。銀行、契約しているのであれば弁護士。教会に通っているなら司祭か牧師。親戚、親しい友人——」

「範囲が広すぎる。それでは何日もかかるだろう。事務局長のコーラ・バラッドから、手がかり、もしくはそれ以上のものを入手できるかもしれない。アリス・ポーターは一九五一年に連盟に加入し、一九五四年に会費未納で脱退して、一九五六年に再加入している。ミス・バラッドは会員についてきわめて豊富な知識を持っているし、可能なら力を貸してくれるだろう。会ってみろ」

「わかりました。先方は乗り気じゃないかもしれませんよ。委員会にあなたを解雇させたがってたんですから。それでも、ぼくのみたところミス・バラッドは――」

玄関のベルが鳴った。ぼくは廊下に出てマジックミラーを確認し、振り返ってウルフに告げた。

「クレイマーです」ウルフは顔をしかめて怒鳴った。「なにも話すことはない」その言い分を伝えて明日出直してこいと言うべきかと、ぼくは訊いた。ウルフはそうしろと言ったあとで、こう続けた。

「けしからん。警視は一日中わたしにつきまとうだろうし、きみは外出予定だ。通せ」

ぼくは玄関へ行ってドアを開け、衝撃を受けた。いや、むしろ衝撃の連続だった。クレイマーは敷居をまたぐときにはっきり、「おはよう」と挨拶したのだ。ぼくが同胞の人類だとはっきり伝えるような口調だった。ぼくがドアを閉める間は、ずかずかと事務所に向かうのではなく、帽子を長椅子に置いて待っていた。そのあとウルフにおはようと挨拶しただけでなく、調子はどうだと声をかけた。今日は四海同胞の日らしい。ぼくは思わずクレイマーの背中をどやしつけるか、あばらを突いてやりたい気持ちを押し殺さなければならなかった。挙げ句の果てに、赤革の椅子に座って、クレイマーはこう言った。「この椅子の席料は勘弁してくれよ」ウルフは、お客にはいつでもぜひ腰をおろして足を休めてもらいたいと丁寧に答えた。すると、クレイマーはこう言った。「ビールを一杯もらえるかな?」

微妙な状況だった。ウルフがボタンを短く二回、長く一回押してビールの合図を送れば、フリッツは勘違いして、説明が必要になるだろう。ウルフがこちらを見たので、ぼくは立ちあがって厨房に行き、盆にビール瓶一本とグラス一つを載せて、フリッツにはお客用だと断ってから、事務所に引き返した。入っていくと、クレイマーがこう話していた。「……だが、あんたがビール断ちをする日が来るとは夢にも思わなかったね。お次はなんだ？ グッドウィン、ありがとう」そして、ビールを注いだ。「ここに来た理由だがね、謝りたいと思ったんだよ。先週、たしか金曜日だったと思うが、ジェーン・オグルヴィをおとりにしたあげく失態を演じたって、あんたを責めた。勘違いだったかもしれないと思ってな。あんたかグッドウィンが、あの女に目をつけてるとしゃべったとしても、だれもそれを認めちゃいない。おまけに、同じ夜にケネス・レナートも殺された。さすがにあの二人をまとめて餌にはしないだろう。だから、悪かったと思ってな」クレイマーはグラスを手にして、飲んだ。

「喜んで受け入れますよ」ウルフは答えた。「するべきなのにまったく口にしていない謝罪が他に一ダースもありますから、なおさらです。この一つで全部をすませましょう」

「たいした面の皮だな」クレイマーは小テーブルにグラスを置いた。「謝罪にくる代わりに、殺人事件の捜査妨害をやめろって言いにくることだってできたんだぞ。グッドウィンをパトナム郡に送りこんで、女を無理やり自分に会いにくるよう仕向けたんだってな。警察が監視下に置いていた女を」

「おそらく実際はそうだったんでしょう」

「なにが？」

「あなたはそういう目的で来た。無理強いなどなかった」

「なかったもくそもあるか。女は今朝カーメルの保安官事務所に行って、自分の敷地から部下を撤収させろって言ったんだ。ついでに、ステビンズ巡査部長が自分を殺人犯だと疑っていてパトナム郡の役人をけしかけているから、一緒に来てあんたにすぐ会ったほうがいいとグッドウィンが言った、そう話してる。それが無理強いじゃなかったってのか？」クレイマーがぼくを見た。「そう言ったな？」

「たしかに言いましたよ。なぜいけないんです？　彼女を容疑者リストからはずしたんですか？」

「いや」クレイマーはウルフに向き直った。「グッドウィンは認めてるぞ。そういうやり口を殺人事件の捜査妨害っていうんだ。どの判事も同じ意見だろう。今回はついにやりすぎたな。おれは公正な態度をとってる。証明できないことであんたを非難したことを謝った。だがいいか、これは証明できるんだ」

ウルフは椅子の肘掛けに両方の手のひらを置いた。「クレイマー警視。もちろん、狙いはわかっていますよ。あなたは司法妨害でわたしを正式に告発する意図も、意欲も持っていない。そんなことをしても煩瑣かつ無益だ。あなたの狙いは、八方ふさがりになった事件で役に立つ情報をわたしがつかんだかどうか、見定めることだ。もし情報があるなら、その内容を知りたいのだ。喜んで協力しますよ、完全にね。ご存じのとおり、グッドウィン君は並外れた記憶力の持ち主です。アーチー、クレイマー警視に昨夜のミス・ポーターとの会話を伝えてくれ。全部だ。なにも省略するな」

ぼくはちょっと目を閉じて集中した。すべての名前、肩書き、日付。ウルフが要点まで話を導いていった道筋。それを一つも間違えることなくきちんと整理するのは、少し注意力が必要だ。どういうわけか、ウルフはクレイマーにすべてをぶちまけたがっているらしい。ぼくが言い忘れたなにかを付け加えようと、ウルフに話を遮られるのはありがたくない。ぼくはゆっくり話しはじめ、調子が出てきたところで話の運びを速め、『恐喝未遂』の代わりに『恐喝』と言って一度躓いただけで、自分で気がついて訂正した。終わりにかけて、自分がうまくやっているのがわかったので、ぼくのような学識ある人間にとってこんなことは朝飯前だとちょっと見せつけるために、椅子にもたれて足を組んでみた。締めくくりに、ぼくはあくびをした。「失礼」と謝る。「ただ、ちょっと寝不足なもので。なにか言い忘れましたか？」

「いや」ウルフは言った。「見事だ」ウルフの目がクレイマーに向けられる。「これであなたも聞いたわけです。一つ残らず。殺人事件の捜査を妨害する試みは、明らかに存在しない。殺人については付随的に言及されただけです。わたしがミス・ポーターから手に入れた情報はどうぞ好きにしてください」

「そうだな」クレイマーは嬉しそうな口調ではなかった。「爪の垢程度の情報じゃないか。あの女はあんたに何一つ話しちゃいない。そんなこと信じられないし、そっちだって信じてもらえるとは思ってないだろうが。なぜ帰らせた？　あんたは女の尻尾をつかまえた。あがいたところで逃げられそうもないコーナーまで追い詰めていた。そこで矛を収めて家へ送っていった。なぜだ？」

ウルフは手のひらを返した。「その時点で、それ以上ミス・ポーターからなにも得られそうになかったからですよ。ミス・ポーターはXの正体を明らかにしてくれました。より正確には、手がかりを与えてくれました。強力な手がかりです。わたしはそれを確認したかった。で、そうしました。もう犯人はわかったので、あとは楽でしょう」

クレイマーはポケットから葉巻を一本とり出して口にくわえ、歯でがっちりと噛んだ。ぼくはクレイマーほどの衝撃は受けなかった。ウルフが椅子にもたれて目を閉じ、唇を動かしはじめるのを見た瞬間、まもなく花火があがるだろうとわかっていたのだ。ただ、ここまで派手なものとは予想していなかった。この展開がぼくにも不意打ちだったことをクレイマーには知られたくなかったので、ぼくはもう一度あくびをした。

クレイマーは口から葉巻をはずした。「本気で言ってるんだな？　あんたはサイモン・ジェイコブズ、ジェーン・オグルヴィ、ケネス・レナートを殺した犯人を知ってる？」

ウルフは首を振った。「そうは言いませんでした。わたしはあの三編の物語を書き、損害賠償請求を教唆した人物を知っているのです。あなたは一連の殺人事件を捜査している。わたしは一連の詐欺事件を捜査している。わたしにはわたしのXがあり、あなたにはあなたのXがある。たしかに、その二つのXは同一人物ですが、わたしは詐欺師の正体を暴くだけで事足りる。殺人犯を暴くのはあなたの仕事だ」

「犯人がだれか知ってるんだな？」

「はい」

「で、アリス・ポーターが昨夜あんたに話した内容から突きとめたんだな？　で、グッドウィンはその会話を全部繰り返した？」

「はい。ミス・ポーターがわたしに示した手がかりを確認しました」

クレイマーは葉巻を握りしめていた。もう吸うのはもちろん、噛むのにも適していないだろう。

「そうか。そいつはあんたのつくような種類の嘘じゃない。手がかりはなんだったんだ？」

「あなたも聞きました」ウルフは腹の膨らみの頂点で両手の指先を合わせた。「だめです、クレイマー警視。確実にもう充分です。わたしはグッドウィン君に問題の会話を繰り返すように頼み、あなたにはXの正体を暴露する手がかりが含まれていると教えました。その理由は一つだけ、あなたになんらかの借りがあるような気がしましたし、わたしは借りを作ったままでいるのが好きではないのです。あなたがわたしに詫びを入れるのがどれほどのことかは、わかっています。事件に行き詰まり、破れかぶれになった末のことだとしても、すぐにいつもの態度に戻ったとしても、多大な意志の力を必要とします。わたしはその真価を認めています。ですから、これで貸し借りなしです。あなたはわたしの知っていることすべてを知っています。あなたが殺人犯を捕まえるのが先か、わたしが詐欺師を捕まえるのが先か、注視するのも一興でしょう」

クレイマーは葉巻を口に突っこんだが、遅ればせながらぼろぼろになっているのに気づいて慌てて出し、ぼくのゴミ箱めがけて投げたものの、二フィートはずした。

ちょっと前、ウルフがアリス・ポーターに使おうとしている圧力を突きとめるのに二時間ぐらいかかったとき、読者はとっくに気がついていて、ぼくのことを規格外のばかだと思うだろうと書いたが、もちろん今はクレイマーもぼくもばかだと思われているだろう。ウルフがアリス・ポーターから得た手がかりに読者はほぼ確実に気づいていて、もうXがだれかわかっているだろうから。ただ、読者は事件を読んでいるのであって、クレイマーとぼくは事件のまっただ中にいた。それが大きなちがいになると思わないなら、一度試してみるといい。ともかく、もうXの名前はわかっているとしても、ウルフがどうやってその男――あるいは女――を捕まえるのかに興味があるかもしれないので、話は続ける。

それから十分ほどでクレイマーは帰り、興味は持っていなかった。そんな余裕がなかったのだ。不機嫌の極みだった。クレイマーがドアを閉める前に敷居をまたぐのを忘れないかと廊下まで出て確認してから事務所に戻ったところ、電話が鳴っていたので、ぼくが応答した。ソール・パンザーからだった。ウルフを頼むと言われ、ウルフは受話器をとりあげながらぼくに言った。「ミス・バラッドが昼食へ行く前に、つかまえたらどうだ」

ぼくは手がかりをつかむのがそれほど得意じゃないかもしれないが、これはわかった。ぼくは事務所を出た。

第十八章

年齢に関係なく女性から信用の印を得る何千もの方法の一覧で上位にあげられるのは、昼食に〈ラスターマン〉へ連れていくことだ。そこはウルフの親友、マルコ・ヴクチッチが亡くなったとき、オーナーシェフをしていたレストランだ。ウルフはまだ遺産管財人だから、ぼくにはいつでもテーブルの用意がある。コーラ・バラッドとぼくが人混みを縫って緑のロープまでじわじわ進んでいくと、フェリックスが気づいて、左の壁際にある長椅子へと案内してくれた。席についてナプキンをとりあげると、コーラ・バラッドが言った。「わたしに一目置かせようとしてるなら、成功ね」

食事の席では仕事の話をしないというウルフの規則にぼくは大賛成なのだが、そのときはしかたがなかった。約束があって、コーラは二時半までに事務所へ戻らなければならなかったのだ。そこで、カクテルを一口飲んだあと、ぼくはコーラに、連盟の全会員についてよく知っているのだろうね、と水を向けた。ちがう、全員ではないとコーラは答えた。会員の多くは国内の別の地域に住んでいるし、首都圏に住んでいる会員も連盟の活動に積極的な人もいれば、そうでない人もいる。アリス・ポーターのことはどの程度知っているのか？　とてもよく知っている。アリスは最近まで技術会議には欠かさず出席していたし、一九五四年にベスト・アンド・グリーン社が『ピーナッツを食べた蛾』の出版を決めた際には、契約上の助言をしてほしいと事務局を何度か訪れていた。

ハム・タンバル（タンバル型に鶏肉、野菜、チーズなどを入れて焼いたフランス料理）にとりかかるため、いったん一休み。

ぼくは説明した。ぼくの狙いはある文書で、アリス・ポーターがだれかに預けたと信じる理由はある。会員たちは保管のため連盟に重要な文書を預けたりするのか？　できない。連盟にはその種の対応をするための設備がない。アリス・ポーターが非常に大事なもの、例えば万一のことがあった場合に開封されるべき封筒を預けるような人か場所に心あたりはないか？

コーラはフォークを口に運ぼうとしていたところだったが、その手を止めた。「そういうことなの」と言う。「かなり利口ね、もし――封筒にはなにが入ってるの？」

「知らない。本当にあるかどうかもわからない。探偵は、存在しないものを探すのにかなりの時間を使うものなんだ。アリス・ポーターがあなたにその封筒を預けた可能性があると、ウルフさんは考えた」

「預けられていません。会員のためにそんなことをはじめたら、金庫室が必要になるでしょうね。でも、なにか思いつくかも。ええと……アリス・ポーターね」コーラは口を開けてフォークを入れた。

コーラは思いつきを六つ出した。

一：銀行の貸金庫。アリスが持っていた場合。

二：アリスの本を出版したベスト・アンド・グリーン社のアーノルド・グリーン氏。グリーン氏は、たとえ作品が売れなかったとしても作家のお願いを聞くのが好きな珍しい出版業者の一人だ。

三：西海岸のどこかに住んでいる両親。たぶんオレゴン州じゃないか。

四：代理業者。まだ契約していたとしたら。本が出版されたあと、ライル・バスコムが契約していたが、もうアリスを切ってしまったかもしれない。

五：西八十二丁目にあるコランダー・ハウスの経営者の女性。贅沢をする余裕がない少女や女性のための共同住宅で、アリス・ポーターも数年間住んでいた。経営者の名前はガーヴィン、ミセス・なんとか・ガーヴィン。連盟事務局の若い女性の一人が今そこに住んでいる。ミセス・ガーヴィンは、どんなことについてもだれもが信頼を寄せるような女性だ。

六：エレン・スターデヴァントに対する訴訟を手がけた弁護士。コーラ・バラッドは名前を覚えていなかったが、ぼくは記憶していた。事務所で手間暇かけて読んだ資料の山に出ていた。

何年にもわたって、ぼくは雲をつかむような追いかけっこをしてきたが、これはほぼ最高につかみどころがない。何人もの見知らぬ相手に尋ねまわるのは、存在しないかもしれないものだ。存在したとしても、ほぼ全員が聞いたこともないだろう。仮にだれか一人が持っていたとしても、ぼくに話すべき理由がどこにある？　そんなこんなで、ぼくは五時間かけた。最初は代理業者のライル・バスコムにあたってみた。単純に事務所が〈ラスターマン〉から歩いてすぐだったからだ。バスコムは昼食で席をはずしていて、もう戻ってくる頃だという。で、ぼくは五十分待った。バスコムが昼食から戻ったのは三時三十三分で、目の焦点を合わせるのにちょっと骨が折れるようだった。アリス・ポーターがだれだったかを思い出せるまで、一分ほど考えなければならなかった。ああ、あの人か。本が出版されたときに契約したが、盗作の賠償請求をしたときに手を切った。バスコムの口調から、盗作で賠償請求をするやつはだれであっても人間のくずなのだな、とぼくは思った。

弁護士の事務所では、三十分しか待たずにすんだ。その点はましか。弁護士は喜んでお手伝いすると言った。弁護士が喜んでお手伝いすると言うときは、使えそうなこちらの情報は喜んで肩代わりしてあげるし、同時にこちらのまだ知らない情報で重荷を負わせることは厳重に避ける、という意味だ。

今回の弁護士は、依頼人としてアリス・ポーターの名を記載した署名入り文書を三通読んだとぼくが言うまで、その名前に聞き覚えがあることさえ認めようとしなかった。やっとの思いで、アリス・ポーターとはしばらく会ったこともなければ連絡もしていないという答えを引き出した。二年？　三年？　はっきりと答えなかったが、かなりの期間だ。ぼくから肩代わりした情報については、重荷に感じさせるようなことは一切なかったとだけ言っておこう。

ベスト・アンド・グリーン社の事務所に着いたのは五時過ぎだった。だからグリーンがつかまるかどうかは賭けだったが、つかまった。グリーンは会議中です、と受付嬢は答え、その間だけ口紅を塗る手を止めた。どれくらいかかるか見当はつかないかと訊いたところ、奥から男が一人出てきて、ドアに向かった。受付嬢が声をかけた。「グリーンさん、お客様です」ぼくが近づいて名乗ると、グリーンは言った。「列車の時間なので」そして、さっさと出ていった。というわけで、さっき言ったとおり、グリーンをつかまえることはできた。

コーラ・バラッドの思いつきの半分は使ってしまった。残ったもののうち、二つはあまり望みがありそうになかった。ニューヨークには貸金庫を備えた銀行が千ぐらいあるし、どっちみち全部の金庫を開ける鍵の持ち合わせがないし、おまけに営業時間が終わっている。飛行機で西海岸へ行ってアリス・ポーターの両親を探すのも、ちょっと無茶だろう。一日のこの時間にマンハッタンの中心部(ミッドタウン)で空車を見つけるのはほぼ絶望的なのだが、ぼくはやっとのことで一台つかまえ、運転手に西八十二丁目の住所を告げた。

コランダー・ハウスはまあまあだった。きちんと片づいた小さな事務所にいた娘は机に小菊の花瓶を置いていたし、ぼくはラウンジと称する廊下の反対側の部屋でミセス・ガーヴィンを待つことになったが、そこには小菊の花瓶が二つ、敷物、かけ心地のいい椅子もいくつかあった。また三十分待った。ようやくミセス・ガーヴィンが現れたとき、鋭い灰色の目から投げかけられたまっすぐな視線に、どんなことでもだれもが信頼できると思うような女性だというコーラ・バラッドの説明に納得がいった。アリス・ポーターのことはちゃんと覚えていた。一九五一年の八月から一九五六年の五月まで住んでいた。期間が頭に入っていたのは、市の刑事の要請で調べたのが先週だったうえに、今朝は女が一人訪ねてきてアリス・ポーターのことを訊くので再確認したからだ。アリス・ポーターには三年会っていないし、預かり物もない。封筒のような小さな品も？　ない。まあ、その答えにはなんの意味もない。ミセス・ガーヴィンは忙しいし、余計なお世話だと説明して、相手に余計じゃないと説得に乗り出されるよりも、『ない』と答えたほうが手っ取り早い。相手が尋ねる権利のない質問をしてきた場合、嘘の答えは嘘じゃない。

全体として、ろくでもない午後だった。手がかりのかけら一つない。目の前の未来も、直前の過去と同じくぱっとしない。日中のビール抜きに続いて、またしてもウルフの夕食は肉抜きだ。ますます気が滅入る。ウルフは机に向かって、なにもない空間を睨みつけ、神経をすり減らしているだろう。古い褐色砂岩の家の前でタクシーを降りたとき、角を曲がったところにある〈バートの食堂〉でハンバーガーとコールスローを食べ、世界情勢について一時間ぐらい議論しようかと思ったが、ウルフから話の聞き手を奪うのは正しくないと判断した。ぼくはポーチへあがって、鍵を差した。そして、片足を内側に、片足を外に出した状態で動きを止め、目を見張った。奥の厨房から、グラスを一杯載せた大きな盆を運ぶウルフが現れたのだ。ウルフは事務所へ入っていった。ぼくはもう片方の足も屋内に入れてドアを閉め、事務所へ進んだ。

ぼくは立ったままざっと事務所内を観察した。黄色い椅子が一脚、ぼくの机の脇に置いてある。六脚は二列にしてウルフの机と向かい合うように並べられている。さらに五脚の椅子が、大型地球儀の近くに集められていた。奥の壁際にあるテーブルには黄色い布がかけられ、酒瓶が各種並んでいた。ウルフはそちらへ行って、グラスを盆からテーブルに移している。

ぼくは口を開いた。「手伝いましょうか？」

「いや。終わった」

「どうやら大パーティーみたいですね」

「そうだ、九時にな」

「お客は全員招いてあるんですか？」

「そうだ」

「ぼくは招待されてるんですか？」

「きみがどこにいるのかと気になっていた」

「仕事をしてました。封筒は見つかりませんでした。フリッツは動けなくなったんですか？」

「そうではない。ステーキを焼いている」

「それはそれは。じゃあ、パーティーのお祝いですか？」

「ちがう。数時間にわたって先手を打っている。これから仕事が待ちかまえているのだから、できれば空の胃袋で取り組みたくない」

「ぼくの分のステーキもあるんですか？」

「ある。二枚だ」

「そういうことなら自分の部屋に行って、髪をとかしてきます」

ぼくは事務所を出た。

第十九章

机についたウルフはコーヒーカップをおろし、盗作問題合同調査委員会の前委員長に目を向けた。「自分のやりかたのほうが好ましいのです、ハーヴェイさん」そっけなく言う。「話が終わって、まだ答えの出ていないことがあれば、質問してください」ウルフは頭を右へ、次に左へ向けた。「単に容疑者の名前をあげて、有罪にする充分な証拠があると宣言もできますが、わたしの仕事は完了するものの、あなたがたの好奇心は満足しないでしょう」

モーティマー・オシンは職権により、赤革の椅子に座っていた。委員たちと事務局長はウルフの机の前にある六つの黄色い椅子に座っていた。前列、ぼくに一番近いのがエイミー・ウィン、隣がフィリップ・ハーヴェイ、その隣がコーラ・バラッド。後ろの列はルーベン・インホフ、トーマス・デクスター、ジェラルド・ナップ――三人の出版業者たちだった。大型地球儀の近くに集まっているのは、ドル・ボナー、サリー・コルベット、ソール・パンザー、フレッド・ダーキン、オリー・キャザーだ。ぼくの机の端近く、一人で座っているのがアリス・ポーター。グラスのルートビールを飲んでいるが、手元は問題なくしっかりしている。ぼくはコーヒーだった。残りの人たちは各自好きなものを選んだ。ジン・トニック、スコッチの炭酸割り、スコッチの水割り、ライ・ウイスキーのジンジャーエール割り、バーボンのロック、そしてオシンは一人コニャックだった。オシンはブランデー通のようだ。一口味わって、瓶を見てもかまわないかと訊いてからラベルを念入りに調べ、もう一口飲んでから言った。「いやあ、あんたはこの酒をどれだけ堪能したんだ?」ぼくはそれとない意味を汲みとって、特別のおまけを注いだ。オシンは少なくとも五分間、たばこに火をつけていなかった。

ウルフはもう一度頭を右から左へ向けた。「説明しておくべきでしょうな」一同に向かって言う。「ミス・ポーターが激高した理由です。当然のことなのですよ。わたしが嘘をついて、来させたのですから。ミス・ポーターの署名入りの書類と引き換えに、インホフさんとミス・ウィンの署名した書類を渡す準備が整ったと、電話で話したのです。『準備が整った』との発言は虚偽です。この話し合いが終わったあかつきには、インホフさんあるいはミス・ウィンからミス・ポーターが告発される恐れはなくなるとの自信はありますが、今日の午後に電話をかけたときには実際に『準備が整った』わけではありませんでした。公正を期しておかなければなりませんが、ミス・ポーターがこの家に到着した際、人が集まっているのを見て立腹したのは、正当な理由があったのです。ミス・ポーターの犯罪行為の事実を立証するつもりなので話を聞いたほうがいいと、わたしが勧めたため、この場に残ったわけです」

アリス・ポーターが反射的に口を挟んだ。「自分が嘘つきだって、たった今認めたじゃないの」

ウルフは無視した。「まずは骨子をお話しします」と委員たちに告げる。「そしてわたしの達した結論、続いて細かい点を埋めていくつもりです。一週間前の昨日、八日前に、グッドウィン君はあなたがたに例の四人――サイモン・ジェイコブズ、ケネス・レナート、ジェーン・オグルヴィ、そしてアリス・ポーター――との短い会話を一言一句報告しましたね。気づいたかたがいたかどうかはわかりませんが、グッドウィン君とミス・ポーターの会話には、ミス・ポーターの側にきわめて注目すべき点がありました。グッドウィン君は、ニューヨークの新聞社がミス・ポーターの小説の初回連載権に対する有益な申し出を検討していると話しました。それに対して、ミス・ポーターはなんと答えたか？　考えてみると言ったのです。それ以上は一言もありませんでした。質問もなかった。あなたがた七人は、どなたもわたしより作家というものをご存じでしょう、ただし、わたしは男や女について多少心得ています。ミス・ポーターは有名な売れっ子作家ではない。唯一の本は失敗作だった。ミス・ポーターの小説は質量ともに、職業作家としての立場を保つのにかろうじて足りる程度のものでした。それなのに、ミス・ポーターはグッドウィン君に新聞社の名前を尋ねなかった。なにも訊かなかったのです。わたしは注目すべきだと思いました。どなたもそうは思いませんでしたか？」

「わたしも思いました」コーラ・バラッドが言った。「でも、アリスは危険な立場にいました。怯えただけだと思ったんです」

「なにに、ですか？　仮にグッドウィン君の善意（ボナ・フィデス）に疑問を抱いたとしても、新聞社からそのような申し出を受けていないのではと疑ったとしても、なぜ問いたださなかったのです？　百歩譲っても、なぜ新聞社の名前を訊かなかったのですか？　ミス・ポーターに疑問を抱いたり疑ったりしてはいなかったとみなすのが、妥当な推測だと思われます。グッドウィン君が嘘をついていると知っていたのです。この委員会がわたしを雇い、グッドウィン君が口実を用いてミス・ウィンに対する賠償請求の根拠となる掌編の写しの入手を試みていると知っていたのです。その時点では──」

「どうやって知ることができたんだ？」ハーヴェイが訊いた。「だれがしゃべったんだ？」

ウルフは頷いた。「もちろん、そこが肝心な点です。先ほどの推測は、その時点では些細な関心事にすぎませんでしたが、翌日、サイモン・ジェイコブズが殺害されたことがわかり、重要性を増しました。ジェーン・オグルヴィも殺害され、さらに重要性を増した。ケネス・レナートが三番目の犠牲者となって、なおいっそう重要となり——アリス・ポーターは命に別状ないままだった。注意はミス・ポーターに集中しましたが、犯人だという見かたにわたしは疑いを捨てきれませんでした。理由を説明しましょう。わたしには信じられなかったのです。ミス・ポーターがエレン・スターデヴァントに賠償を求めた『愛しかない』の文体を作り出し、同じ文体でサイモン・ジェイコブズがリチャード・エコルズに賠償請求するための『わたしのものはあなたのもの』を書き、ジェーン・オグルヴィがマージョリー・リッピンを訴えるための『天上ならぬ俗世界にて』でも同じような文体を使い、次にその文体を捨て、『幸運がドアを叩く』を本来の文体で書いて自身がエイミー・ウィンに損害賠償請求をした。無理です。昨晩——」

モーティマー・オシンが口を挟んだ。「ちょっと待った。そういう受けとめられかたを本人が計算していたとしたら、どうなんだ?」オシンのグラスにはまだ少しコニャックが残っていて、やっぱりたばこには火をつけていなかった。

「おっしゃるとおりです、オシンさん。昨晩、グッドウィン君がミス・ポーターをここへ連れてきて、一時間一緒に過ごしたあと、わたしは同じ質問を自分にしました。リチャード・エコルズに対する計略にサイモン・ジェイコブズを抱きこんだ際、疑いをかけられない一番の隠れ蓑はあまりにも奇想天外で容疑すらかけられない手口（モードゥス・オペランディ）だと、あらかじめ計算できるほどミス・ポーターが奸智にたけていたとしたら？　一時間話をした結果では、そのような悪魔的な狡猾さがないとは言い切れないと考えました。少なくとも調査の価値はあると判断したのです。ミス・ポーターが帰ったあと、わたしは電話に一時間費やして、時折手伝いをしてくれるきわめて優秀な五人の探偵を招集しました。今朝八時に彼らが到着し、わたしは仕事を割り振りました。この場にいますので、紹介したいと思います。後ろを見ていただけますか？」

皆が振り返った。

「前列左が」ウルフは説明した。「ミス・セオドリンダ・ボナーです。隣はミス・サリー・コルベット。後列左がソール・パンザー君。隣がフレッド・ダーキン君、右がオリー・キャザー君です。個別の仕事内容を各自に話してもらう前に、パンザー君が新聞社で入手したミス・ポーターの写真を配っておいたことをお断りしておくべきでしょうな。では、報告してもらいましょう。キャザー君？」

オリーは席を離れてウルフの机の角まで進み、委員たちに向き合うように立った。「わたしの仕事は」と切り出す。「対象者がサイモン・ジェイコブズと接触したことがあったかどうかを突きとめることでした。当然、手始めとして一番いいのは未亡人です。それで、二十一丁目のアパートに行ってみたところ、だれもいませんでした。他の住人たちに聞きこみをして、その結果――」

「オリー、簡潔に。骨子だけを」

「わかりました。結局、ニュージャージー州の友人の家で未亡人を発見しました。話をしたがらず、手を焼きました。写真を見せたところ、未亡人は思い出しました。三年ほど前、対象者を二度見たことがあったんです。夫に会うためにアパートを訪ねてきて、二回ともかなりの時間、二時間以上居座ったそうです。話の内容は知らないとのことでした。夫は雑誌用の物語についてだったと説明したそうです。時期についてはもっと正確なところを聞き出そうとしましたが、一九五六年の春頃で、二回の訪問は三週間ほど間隔があったという話が限界でした。夫は対象者の名前を言わなかったそうです」

ウルフが確認した。「写真の確認には少しでも疑問があったのかね？」

「いえ。間違いないと言っていました。すぐに思い出したんです。未亡人が言うには、対象者は――」

アリス・ポーターが思わず口を出した。「嘘つき！　わたしは絶対にサイモン・ジェイコブズに会いにいったことなんてない！　どんな場所でも、会ったこともないから！」

「いずれ発言の機会は与えられますよ、ミス・ポーター」ウルフはいなした。「お好きなだけ、長い時間でね。それで結構だ、オリー。ミス・コルベット、よろしいですか？」

サリー・コルベットは数年前、ぼくの女探偵に対する意見には少々間違いがあるかもしれないと思わせた二人の女性のうちの一人だ。もう一人が、ドル・ボナーだった。見たところ二人は顔を含めて似ても似つかないが、ともに女性を人間としての視点から眺めさせる。それに、揃って優秀な探偵だ。サリーは前に出て、ウルフの机の角、オリーがいた位置に立ち、振り返ってウルフを見た。ウルフが頷き、サリーは聞き手に向き直った。

「わたしの仕事はキャザーさんと同じでした」サリーが言った。「ただし、サイモン・ジェイコブズではなく、ジェーン・オグルヴィに関してです。ジェーンの母親、ミセス・オグルヴィに会えたのは、今日の午後でした。対象者の写真を提示し、見覚えの有無を尋ねました。ミセス・オグルヴィは念入りに確認したうえで、たしかに見たことがあると答えました。二年以上前のある日、対象者はジェーンに会いにきて、二人は『修道院』に向かったそうです。ジェーンが『修道院』と呼んでいた建物についていては、新聞を読んだかたはご存じでしょう。その『修道院』の電気ヒーターが故障したため、三十分ほどで二人は母屋に戻ってきたそうです。そして、ジェーンの部屋に行き、三時間以上こもっていました。ミセス・オグルヴィは対象者の名前を聞いていませんでしたし、それきり見ていないそうです。他の出来事などと考え合わせて、対象者がジェーンに会いにきたのは一九五七年の二月だったと、ミセス・オグルヴィは判断しました。対象者だと断定することはできませんでしたが、いずれにせよ写真ではなく直接会えばちゃんとわかるとの話でした」

ぼくは頭の向きを変えて、アリス・ポーターを見やった。アリスは椅子の端に腰かけ、体を強張らせ、目を半分閉じた状態で頭を前に突き出していた。唇が開いて、舌の先が見えている。そして、ウルフをじっと見つめていた。ぼくを含め、八組の目が自分に集中していることには気づいていないようだ。サリー・コルベットが席に戻り、代わりにフレッド・ダーキンがウルフの机の角に立って口を開いたときさえ、アリス・ポーターは射るようにウルフを見つめたままだった。

「ケネス・レナートの担当でした」フレッドは言った。「残念ながら、未亡人だの母親だの、そんなのは一人もいなくてね。で、二十人ぐらいの人に会いました。アパートの他の住人、管理人、友達、知り合い。なのに、一人も写真の対象者に見覚えがないときた。二、三人から、五十二丁目の〈ポトフ〉ってレストランの情報は手に入れたんです。レナートがそこでしょっちゅう昼飯を食って、たまに夜も行ってたってね。結局そこしかなかったんです。ウェイターの一人、レナートがいつも座っていたテーブルを担当してたやつが、対象者とレナートが一緒にいたことが二回あるんじゃないかって言い出しました。昼食が一回、夕食が一回。なにしろウェイターは口が堅くて。もちろん、レナートが殺されたことは知ってたんです。二十ドル握らせてやればもっとあれこれしゃべったかもしれないけど、当然そういうわけにもいかないし。時期については、去年の冬の終わり頃とか春だったそうで。

写真より実物を見れば、もっとはっきりしたことが言えるんじゃないかって話でした。ウェイターは、レナートが好きだったんです。なんだかんだでしゃべったのは、殺人犯を捕まえるのに役に立つかもしれないって言い聞かせたからなんですよ。それだけ。思うんですが、もしウェイターがわかると自信を持ってるなら、直接面通しすれば――」

ウルフが止めた。「それでいい、フレッド。『もし』は、先の話だ。パンザー君?」フレッドは席に戻り、ソールが出てきた。ウルフが委員に向かって声をかけた。「お断りしておくべきでしょうが、パンザー君の仕事は他の人と性質が異なります。パンザー君に任せたのは、個人の住宅への不法侵入が必要だったためです。話してくれ、ソール」

委員たちはソールの横顔を見つめた。ソールはアリス・ポーターに向き合うように立っていたからだ。「昨日の夜」ソールは話しはじめた。「指示を受けて、わたしはカーメル近くのアリス・ポーターの自宅へ車で向かいました。到着時刻は十時十二分。持参した各種の鍵の一本でドアを開け、室内に入って捜索しました。物入れの棚の上で、綴じたタイプライター打ちの用紙二十五枚を発見しました。最初のページには『幸運がドアを叩く』の題があり、その下に『アリス・ポーター作』と記載されていました。原本で、写しではありませんでした。実物はウルフさんに渡しました」

ソールはウルフを見やり、ウルフが続けた。「原稿はここ、わたしの机の引き出しに入っています。読んでみました。話の筋、登場人物や展開は、アリス・ポーター作の『幸運がドアを叩く』つまり、ヴィクトリー出版の事務室で書類綴りから発見された原稿と同一でした。しかし、その原稿、書類綴りから見つかった原稿はアリス・ポーター本来の文体、同人名で出版された『ピーナッツを食べた蛾』の文体でしたが、パンザー君がミス・ポーターの家で見つけた原稿は偽りの文体、これまでに起こされた賠償請求の根拠とされる三つの掌編で用いられた文体で書かれていました。それぞれをAとBとしましょう。明々白々の推論として、エイミー・ウィンに対する損害賠償請求の根拠となるべき物語を書く際、ミス・ポーターはAとB、両方の文体で作成してみたのです。そして理由はどうであれ、Bの文体を使うことに決めた。他にはなにがあった、ソール?」

ソールの目がまたアリス・ポーターに向けられた。「家のなかで見つかったのはそれだけです」そして、言葉を継ぐ。「ですが、アリス・ポーターはグッドウィンさんの車に乗ってニューヨークに行きましたから、置きっぱなしとなっていた車を捜索してみました。前部座席の下から、新聞紙に包まれたナイフを発見しました。黒い柄のついた台所用ナイフで、刃渡り七インチ、幅一インチです。それもウルフさんに渡しました。そのナイフを調べれば――」

ソールが前に飛んだ。アリス・ポーターが椅子から飛び出し、エイミー・ウィンに襲いかかったのだ。両腕を伸ばし、指を曲げて爪を立てている。ぼくはすぐ近くにいたので、ソールがアリスの左腕をつかまえる半秒前に右腕をつかんでいた。それでも、アリスの動きがあんまりすばやかったので、ぼくらが引き戻す前に左手の爪がエイミー・ウィンの顔に届いていた。エイミー・ウィンの右手にいたフィリップ・ハーヴェイが間に入ろうと前に飛び出していて、後ろにいたルーベン・インホフは立ちあがってエイミーに覆い被さった。アリス・ポーターは自由になろうともがいたが、ソールとぼくに背中をウルフの机に押しつけられ、あきらめた。そして、わめきはじめた。「この汚い卑怯者!裏切り者! 卑怯者! あんたは――」

「こっちを向かせろ」ウルフが鋭く命じた。ソールとぼくは言われたとおりにした。ウルフはアリスを見据えた。「頭がおかしくなったのですか?」と追及する。

答えはなかった。アリスは息を弾ませている。「なぜミス・ウィンを襲ったのですか?」ウルフが重ねて訊いた。「ミス・ウィンはあなたを追い詰めてはいなかった。追い詰めたのはわたしだ」

アリスが口を開いた。「追い詰められてなんかいない。放せって言ってよ」

「おとなしくしますか」

「する」

ソールとぼくは手を放したが、アリスとエイミー・ウィンの間に立ったままでいた。ハーヴェイとインホフもいた。アリスは椅子へ向かって歩きだし、腰をおろした。ウルフを睨む。「この女と組んでるのかどうか、知らないけど」アリスは言った。「もし組んでるなら、後悔するわよ。この女は嘘つきで人殺しで、わたしに罪をなすりつけられると思ってる。でも、できっこない。あんたにもね。さっきの人たちにわたしが会ったなんて、全部大嘘。一人も会ったことなんてない。原稿がわたしの家で見つかって、ナイフが車から出てきたなら、この女が置いたのよ。それか、あんたね」

「あなたは、エイミー・ウィンがサイモン・ジェイコブズ、ジェーン・オグルヴィ、ケネス・レナートを殺したと言っているのですか?」

「そう。こんな女に出会わなきゃよかった。嘘つきで、卑怯で、裏切り者の殺人犯。証明もできるから」

「どのように?」

「ご心配なく、ちゃんと証明できる。エレン・スターデヴァントに損害賠償請求を起こしたとき、例の物語、『愛しかない』を書くのに使ったタイプライターが手元にある。それに、エレン・スターデヴァントの家の机の引き出しに、どうやって原稿を入れたかも知ってる。わたしが話すのはこれだけ。

この女と組んでるなら、後悔するわよ」アリスは立ちあがり、ぼくに体をぶつけた。「どきなさいよ」

ソールとぼくは動かなかった。

ウルフの口調が鋭くなった。「ミス・ウィンとは組んでいません、ミス・ポーター。逆に、ある程度までは、あなたと組んでいるのですよ。一つ質問があります、答えられない理由はない。あなたはミス・ウィンとの共謀関係を詳しく説明した文書を作成し、封筒に入れ、万一自分が死んだら開封するようにとの指示と併せて、どなたかに預けたのでは？」

アリスは目を丸くして、腰をおろした。「なんで知ってるの？」

「知りません。推測したのです。あなたが生き残ったままで、恐怖を感じていない説明としては、一番単純かつ明快な答えだったので。封筒はどこにあるのですか？　内容がもはや秘密ではなくなった以上、話してもいいでしょう。あなたはたった今内容を暴露した。核心部分をね。どこにあるのです？」

「ガーヴィンという女の人のところ。ミセス・ルース・ガーヴィン」

「結構」ウルフは椅子にもたれ、一息ついた。「昨晩、率直に話してくれれば、わたしたち双方にとって物事はもっと簡単になっていたでしょうな。わたしにとっては、あなたに口を割らせるためのこの面倒な狂言の手間がまるまる省けた。ミス・ウィンはあなたの家に原稿を置いたり、車にナイフを隠したりはしなかった。パンザー君は昨晩あなたの家には行っていません。その日は先ほど説明したような原稿を作成し、タイプを打っていたのです。見せろとあなたに要求される可能性がありましたのでね。そうそう、先ほど説明したとおりのナイフも買ってきました」

アリス・ポーターはまた目を丸くした。「じゃあ、全部嘘だったのね。じゃあ、本当にあんたの仕業だったのね」

ウルフは首を振った。「その『仕業』が、あなたにミス・ウィンの罪を着せるために二人で共謀したという意味なら、それはちがいます。あなたから真実を引き出すための罠をしかけたという意味なら、そのとおりです。キャザー君、ミス・コルベット、ダーキン君ですが、全員一つも嘘はついていません。いろいろな人たちに見せた写真が自分のものだとあなたが思いこむのを放置しただけです。が、写真はあなたのものではなかった。ミス・エイミー・ウィンのものだったのです。ところで皆さん、これでミス・ボナーに報告をしてもらえます。ミス・ボナー、席を立つ必要はありません。簡潔に」

ドル・ボナーは咳払いをした。「わたしは西八十二丁目のコランダー・ハウスの経営者、ミセス・ルース・ガーヴィンという女性に、エイミー・ウィンの写真を見せました。ミセス・ガーヴィンの話では、一九五四年から五五年の冬の三か月間、エイミー・ウィンはコランダー・ハウスに住んでいたそうです。同時期にアリス・ポーターもそこで生活していました。これでよろしいですか？」

「とりあえずは結構です」ウルフの目が動き、依頼人、つまり委員たちを捉えた。「これで充分だと思います。わたしはミス・ウィンと四人の共犯者それぞれとのつながりを証明しました。ミス・ポーターの話もお聞きになったでしょう。お望みであれば、詐欺でミス・ウィンの有罪を陪審に納得させるに足る証拠集めに着手することもできますが、あなたがたの金及びわたしの時間の無駄使いでしょう。ミス・ウィンは恐喝ではなく、殺人罪で裁判にかけられるでしょうから。そちらはあなたがたの関心の対象ではないはずです。警察と地方検事局がその問題に対処します。それから——」

ルーベン・インホフが急に感情を爆発させた。「信じられない！」と叫ぶ。「ばかな、絶対に信じられない！」インホフはエイミー・ウィンに訴えた。「頼む、エイミー。なんとか言ってくれ！　そんなところに座っていないで！　なんとか言うんだ！」

　ぼくは椅子に戻っていた。腕を伸ばせば、エイミーに届く。ウルフがアリス・ポーターに封筒のことを質問してから、エイミーは身動き一つしていなかった。胸を押しあげるように両手をぺたりとあて、肩を引いている。かなり後ろまで。アリス・ポーターの爪が引っかいた赤い二本の筋が走っている。右の頬には目のすぐ下から顎近くまで、アリス・ポーターの筋がなかったんだろう。その目はウルフにじっと向けられたままだった。唇が動いたが、声は出ない。だれかがなにか呟いた。モーティマー・オシンは空のグラスを小テーブルからとりあげ、奥の壁際のテーブルに移動してブランデーをトリプルで注ぎ、一飲みしてから席に戻った。

　エイミー・ウィンがウルフに話しかけた。かろうじて聞こえるくらいの、とても低い声だった。「最初の日にはわかってましたよね」エイミーは言った。「わたしたちが来た最初の日。ちがいますか？」

　ウルフは首を振った。「いえ、マダム。手がかりが一切ありませんでした。わたしは千里眼ではありませんので」

「いつわかったんですか？」夢のなかにいるような口調だった。

「昨晩です。ミス・アリス・ポーターが無意識のうちに手がかりを与えてくれたのです。今の立場を守りきることは不可能なこと、あなたに告発を進言すると告げたところ、ミス・ポーターはまったく気にかけませんでした。あなたにはそんな勇気がないと言ってね。ですが、インホフ氏にも告発を勧めると付け加えたところ、ミス・ポーターは危機感をあらわにしました。きわめて暗示的です。推理の結果、わたしはミス・ポーターを帰宅させました。そして、ほんのわずかでもあなたを疑う理由があるならば、とっくの昔にしておくべきだったことに着手したのです。あなたの本、『わたしの扉へのノック』を読んだのですよ。もしくは、最初の三件の損害賠償請求の根拠となった掌編をあなたが書いたとの結論が出る程度に目を通しました。文体の特徴から、結論は火を見るよりも明らかでした」

エイミーは頭をゆっくり左右に振り、「そうじゃないでしょう」と言った。「それより前にわかっていたはずです。わたしたちが三度目にここへ来たときにはご存じでした。わたしたちの一人が犯人の可能性があると言ったじゃありませんか」

「それはただの言葉のあやです。あの時点では、どんなことも可能性があった」

「絶対にわかっていたはずです」エイミーは言い張った。「わたしの本を読んでいたにちがいありません。二度目にここへ来て、物語を比較する話が出たときから、ずっと恐れていました。掌編を書くときにちがう文体を使わなかったなんて、自分がどんなにばかだったか、そのときわかったんです。ですが、おわかりでしょう、わたしは自分に文体があるなんて本当に知らなかったんです。文体があるのは、優れた作家だけだと思っていたので。でも、わたしはばかでした。それがわたしの大きな間違いですね。ちがいますか？」

全員がエイミーを見つめていた。無理もない。その口調、その表情で判断すれば、ウルフは小説講座で技術指導をしている最中で、エイミーはその熱心な生徒だと勘違いしたかもしれない。「それを間違いと呼ぶのが適切かどうか、疑問に思いますが」ウルフは答えた。「おそらく、ちょっとした配慮不足でしょう。そもそも、わたしより先に掌編の比較をした人はいなかったわけですし、ミス・ポーターからの示唆がなければ、わたしもあなたの本と比較はしなかったでしょうから。そうですとも、ミス・ウィン。あなたがなにか間違いをしたとは言えませんな」

「もちろん、しました」エイミーは静かに怒りを燃やしていた。「あなたは気を遣っているだけです。わたしの人生はずっと、間違いだらけでした。最大の間違いは作家になると決めたことですが、もちろん、そのときは若かったので。その点についてお話ししてもかまいませんか？　話したいのですが」

「どうぞ。ただし、聞き手が十四人いますよ」

「わたしが話したいのはあなたです。はじめて来たときからずっとそうしたいと思っていました。あなたにはわかっていると思ったんです。あのとき話していれば、あんな――わたしがやってしまったことをする必要はなかったでしょうに。でも、わたしがなにも間違いをしていないと言われるとは思いませんでした。あなたのことをアリスに話すべきではなかったんです。最初に言いましたよね、つまり、今日の話し合いの最初です。グッドウィンさんが新聞社からの依頼があると話したとき、委員会があなたを雇った事実を知っていることを、アリスはついさらけだしてしまった。それであなたの注意がアリスに集中した。ただ、それより前にわたしはアリスを相手に最悪の間違いをしていたんです。わたしの本が自分の掌編からの盗作だと、アリスが主張したときです。もちろん因果応報だとわかっています。自業自得です。でも、あんなに何年も経って、本当に自分の本を出版して、初版を完売して第四刷までいって、ベストセラー一覧の第三位にまでなったのに、そんなときに出版社がアリスから手紙を受けとったんです。わたし、すっかり動転してしまいました。ひどい間違いでした。支払いには応じない、びた一文払わないと言うべきだったんです。利用するつもりならやってみろって、応戦するべきだったんです。でも、すっかり怖くなって、折れたんです。それは間違いじゃなかったんですか？」

ウルフは唸った。「仮にそうであっても、取り返しのつかないほどではありませんな。ミス・ポーターは優位に立った。ことに、あなたの出版社の事務室にあった書類綴りから、原稿が出てきてからは」

「でも、それも間違いの一つなんです。入れたのはわたしです。そうさせられたんです。言うとおりにしなければ、すべてを暴露するからと。エレン・スターデヴァントの損害賠償請求に関すること、一切です。そうなれば、他の詐欺も当然ばれてしまいます。アリスはわたしに――」

「そんなばかな」ルーベン・インホフがうめいた。エイミーの腕をつかんでいる。「こっちを見るんだ、エイミー。聞こえないのか、わたしを見ろ！　きみがあの原稿を書類綴りに入れたって言うのか？」

「腕が痛いわ」エイミーは言った。

「こっちを見ろ！　やったのか？」

「わたし、ウルフさんに話しているの」

「信じられない」インホフはまたうめいた。腕を放す。「どうしても、信じられない」

ウルフが促した。「お話の途中でしたね、ミス・ウィン？」

「続きになりますが、アリスはわたしに、自分が死んだら開封するようにと封筒をだれかに預けたこと、その内容を教えてきたんです。どうしたらわたしが間違いをしなかったなんて言えるのか、わたしにはわかりません。利用させた掌編、『愛しかない』を書くのに使ったタイプライターをアリスに預けるのがどんなに危険なことか、わたしはわかっていなかった。アリスが持っているのがいいと思ったんです、あの掌編を書いたのはアリスということになっていましたから。購入者のわたしまで履歴を追えるなんて知らなかった、中古で買いましたし。でも、タイプライターにはどこかに番号があるそうですね。わたしが間違いをしなかったなんて言えないはずです。わたしは何一つ適切なことをしなかった、それが本当なんです。でしょう？」

「『適切』という言葉の意味が『うまく』なら、あなたは非常にうまくやった」

「なにを？　わたしがなにをうまくやったんです？　教えてください」

「それには一時間かかりますよ、ミス・ウィン。あなたは千ものことをうまくやりました。詐欺の着想、及び実行は非の打ち所がない。ありとあらゆる細かい点まで準備し、ありとあらゆる予測不能な危険を避けた。共犯者の選択もお見事だった。この二週間の状況への対処は感服に値する。重圧を受けながら仮面をかぶっていた人々なら、男女ともに対峙した経験がありますが、あなたほど圧巻の行動をとった人物は見たことがない。二週間前の今日、はじめて他の委員たちと一緒に訪ねてきたあなたに、わたしはかなり詳しく質問をした。二度目のときは、オシンさんがサイモン・ジェイコブズに対する提案をして、あなたに一万ドル出すよう依頼した。その日の後刻、インホフさんの事務室では、あなた自身が書類綴りに忍ばせた原稿の発見について、グッドウィン君が説明を受けた。三度目は委員たちと一緒に来て、わたしを解雇するかどうかの問題を議論した。昨日の理事会では、わたしの面前で、同じ問題が議論された。これらの折々すべてにおいて、あなたのふるまいは天下一品でしたな」

ウルフは手のひらを返した。「ある出来事に際しては、あなたは迅速かつ特筆すべき才覚を示した。

四日前の金曜日、ミス・ポーターが車でニューヨークを訪れ、あなたと会うためマンションに行ったときのことです。もちろん、そのときにはもうミス・ポーターは詐欺の暴露よりも強力な脅しであなたに対抗していたのでしょう。殺人犯だとばらすと脅していた。合っていますか？」

「はい。アリスが会いにきた理由は、それです。わたしがどこで才覚を示したのですか？」

ウルフは首を振った。「あなたに対してインホフさんはぴったりの言葉を使いましたね、ミス・ウィン。『信じられない』。どうやらあなたは自覚なしに非凡な機敏さと巧妙な処理を示してきたようです。決してあなたの自覚が欠如しているわけではない。意識下――もしくは意識を超えて機能する稀な才覚にちがいない。心理学者は新語を造るべきですな、『超意識』。ミス・ポーターが金曜日の午後にマンションへ来たとき、尾行されていたとの話は出ましたか？」

「いいえ。でも、その可能性はあると考えていました」

「なおいっそうたいしたものです。天才的だ。で、あなたはインホフさんに電話をかけ、ミス・ポーターが来て損害賠償請求で和解したいと申し出たので、意見を聞きたいと話した。それを天才的とは表現しないのですか？」

「もちろんです」エイミーは本気だった。「ただの常識じゃありませんか」

ウルフはまた首を振った。「あなたはわたしの手に負えませんな。他の成功に加えて、緊急事態では、海千山千の警察が手も足も出ないような知謀と手際のよさで三件の殺人を犯した。一つ、提案があります。あなたの脳を優秀な科学者に引き渡すよう、地方検事に要求してはいかがですか。わたし自身もニューヨーク市警のクレイマー警視に提案するつもりです。そうされますか？」

コーラ・バラッドが声を出した。半分あえぐような、半分うめくような声だった。ドル・ボナーが報告してから、インホフを除いてはじめてだれかがたてた音だった。だれもコーラを見なかった。だれもがエイミー・ウィンだけを見つめていた。

「ただのお世辞ですよね」エイミーは答えた。「わたしに脳なんてものがあれば、こんなことにはならなかったでしょう。わたしが間違いをしなかったと評価するのは、どうかしています」

「間違いは一つしました」ウルフが応じた。「たいしたことのない間違いを一つだけですが。委員会がわたしを雇うのを、あなたは許すべきではなかった。どうすれば可能だったかはわかりませんが、数々のあなたの驚異的な行為もどうすれば可能だったのかわたしにはわかりませんし、ご自身もおわかりではないでしょう。やめさせる気になれば、あなたはなんとかしてやってのけたでしょうな。わたしは自画自賛しているわけではありませんよ。あなたの正体を暴露した計略の組み合わせを他の人は思いつきそうにない、と言っているだけです。話したい、と言っていましたね。他に言うことはありますか?」

エイミーの鼻がひくひくと動いた。「一度もわたしと握手していませんね」

「どなたが相手でも、わたしはめったに握手をしません。どうかご遠慮ください」

「ああ、今となっては、してもらえるとは思っていませんから」エイミーは立ちあがった。「いえ、もう話すことはありません。先にすることがありますので……することがあるんです」エイミーは立ち去ろうとしていた。

本当に『信じられない』人だった。ぼくは椅子から一歩も動けなかった。仮に三人、ウルフとエイミーとぼくだけだったら、座ったままエイミーを出ていかせたとは言わない。ただ、ぼくが動けなかった事実は事実だ。エイミーは急ぐでもなく、フィリップ・ハーヴェイの前を通過し、コーラ・バラッドとモーティマー・オシンの間を進んだ。そして、ドアから四歩手前まで来たとき、自分の行く手にソールとフレッドとオリーが立ちふさがっていることに気づいた。エイミーは直角に向きを変え、ウルフを見つめた。ただ見ているだけ。なにも言わない。鼻がひくひく動いた。

ウルフがこちらを向いた。「アーチー、クレイマー警視に連絡を」

またコーラ・バラッドが声を発した。さっきより大きな声だった。ぼくは椅子を回し、電話に手をかけた。

訳者あとがき

〈論創海外ミステリ〉では初となる、美食家で蘭の栽培家、名探偵ネロ・ウルフの長編翻訳書です。もちろん、初邦訳作品です。短編集は五冊が既刊となっていますが、はじめてお読みになるかたのためにウルフの簡単な紹介をしておきたいと思います。

ウルフは一九三四年にレックス・トッドハンター・スタウトによって創作された、ニューヨーク在住の私立探偵です。年の頃は五十半ば、体重七分の一トンの巨漢で、動くこと、外出すること、乗り物が大嫌いなため、ほぼ完全な安楽椅子探偵となります。好きなものは自宅の快適な生活、自分専用に雇った名シェフのフリッツが作る食事をはじめとする美食、屋上で育てている一万株の蘭の花です。事件解決のために外出はしませんが、美食と蘭のためなら、文字どおり重い腰をあげることもあります。さらに本作でも活躍する助手のアーチー・グッドウィンなど、数人の家族同然の友人をこよなく愛し（あからさまに認めることはめったにありませんが）、大の女性嫌いです。快適な生活を維持するためにいやいやながら必要最低限の事件を引き受け、依頼者からは高額な報酬をふんだくり、外出や女性の相手はアーチーに任せ、腐れ縁のニューヨーク市警クレイマー警視と対立したり協力したりしながら、事務所の特製特大椅子で唇を突き出したり引っこめたりして天才的頭脳を活用し、難事件を解決する。これが短編長編問わない、ウルフの基本スタイルとなります。

本作は、このウルフのスタイルを忠実に踏襲していると言えるでしょう。ウルフの傑作長編『料理長が多すぎる』や『シーザーの埋葬』などでは、ウルフは美食や蘭のために遠方へ外出し、心ならずも事件に巻きこまれ、解決せざるをえない、という形ですが、この『殺人は自策で』では、ウルフ本来の姿を楽しめます。ウルフは出版社や本の著者からなる盗作問題合同調査委員会の依頼を受け、ベストセラーを盗作だと訴えて多額の賠償金をせしめる連続詐欺犯の正体を自宅で推理することになります。よくできた巧みな詐欺ではあるものの、ある程度型にはまった計略でもあり、犯人は見当がつけられるとの予想でした。が、名探偵はやはり難事件を呼ぶものか、捜査が進むにつれ単純な詐欺事件は複雑さを増し、最終的には連続殺人事件に発展してしまいます。ウルフはほんの少し外出するものの（よくあるアーチーとの意地の張り合いのせいですが）、外部での捜査と女性の相手ではウルフをしのぐ探偵である助手のアーチーを使って、自宅の椅子で座ったまま事件解決を目指します。また、〈ネロ・ウルフ〉シリーズのおなじみの顔がほぼ勢揃いしている読み応えのある作りとなっています。

本シリーズではたまに、語り手であるウルフの助手アーチーが読者へ呼びかけてくるような場面があります。ウルフへの愚痴めいた言葉だったりもしますが、この『殺人は自策で』ではウルフにほのめかされた真相への手がかり、それをそのまま記述して、読者へ挑戦するような趣向となっています（一七二頁および一九七頁）。アーチーは一つ目を見抜くのに二時間近くかかったそうですが、皆さまはいかがでしょうか？　謎解きの場面を読む前に、独自に犯人を考察してみるのも楽しいかもしれません。特に二つ目は読み返してみると、なるほどと腑に落ちると思います。

これまで〈論創海外ミステリ〉では短編をご紹介してきましたが、〈ネロ・ウルフ〉シリーズは初登場作品『毒蛇』含め長編が三十三作品あり、本来そちらのほうが主な活躍の場です。短編は筋運び

Plot It Yourself（1959, Viking Adult）

が早く、なによりスナックのように手軽にウルフの活躍を楽しめます。長編では、ややもすればよくわからない蘊蓄の披露など冗漫な場面が続いたりすることもあるのですが（本作では、盗作問題合同調査委員会がわりとどうでもいい話を延々と続け、語り手であるアーチーもうんざりしています）、ウルフ本来の魅力の一つである美食や蘭などエキセントリックな暮らしぶりもたっぷり味わうことができます。今回あまり蘭は出てきませんが、〈執事ジーヴス〉シリーズの作者P・G・ウッドハウスが「国家が必要としてきたのは（五セントの葉巻の他に）、ネロ・ウルフの食性に関する正式な論文だ」と述べたほどの美食は、ちょこちょこ登場します。とはいえ、アーチーの説明のみではぴんとこない料理も多いかと思われます。訳注で多少ご説明しましたが、さらに料理の詳細が気になるかたはウルフ同様の美食家だった著者レックス・スタウトによるクッキングガイド The Nero Wolfe Cookbook をご参照ください（残念ながら翻訳書は発売されていません）。天才シェフのフリッツと美食研究家のウルフのレシピだけあって、材料も多様で入手困難だったり、手間や時間もかかり、美味かもしれませんがなかなか気軽に試してみられるような料理ではありません。ちなみに本文中のスペインふうソース（五一頁参照）については、The Nero Wolfe Cookbook のレシピではニンニクを使用していませんでしたが、これはウルフとフリッツが料理の実験や研究を繰り返した末のアレンジかもしれません。

ウルフは太っていて小山のようだと言われたりしていますが、美食家もなかなか体力が要るようです。ウルフを含めた美食家たちは底なしの胃袋を持ち、ワインをがぶ飲みしては、魚を頭からまるかじりし、肉をどこまでも食べ尽くし、いつでも飢えたオオカミのように料理に取り組んでいます。ウルフは朝食こそパンケーキのような比較的軽めの食事ですが、一年中昼も夜も天才シェフ、フリッツお手製のフルコースなわけです。芸術品のように美しい絶品料理だとしても、持て余したりしないのかと不思議に思います。アーチーも身長百八十センチ超え体重約八十キロと立派な体格の若者ですが、美食家の食欲には及ばないようです。平均的な日本人ではとても付き合いきれないでしょう。

また、本書では久しぶりにネロ・ウルフの事務所の間取り図を掲載しました。最初の短編集『黒い蘭』でも書きましたが、ウルフの事務所は作品によって間取りの描写に差異が見られるため、家具の配置など、全作品の情報から矛盾が少ない情報を基に図版を作成しています（製図はフレックスアートの加藤靖司氏）。

ウルフの未訳長編はまだまだありますので、読者の皆さまに楽しんでいただけるよう、さらにご紹介できることを願っております。日本オリジナル短編集の発刊も予定しておりますので、引き続きお付き合いいただければ、幸甚の至りです。

〔著者〕
レックス・スタウト
本名レックス・トッドハンター・スタウト。1886年、アメリカ、インディアナ州ノーブルズヴィル生まれ。数多くの職を経て専業作家となり、58年にはアメリカ探偵作家クラブの会長を務めた。59年にアメリカ探偵作家クラブ巨匠賞、69年には英国推理作家協会シルバー・ダガー賞を受賞している。1975年死去。

〔編訳者〕
鬼頭玲子（きとう・れいこ）
藤女子大学文学部英文学科卒業。インターカレッジ札幌在籍。札幌市在住。訳書に『四十面相クリークの事件簿』、「ネロ・ウルフの事件簿」全3巻、『ロードシップ・レーンの謎』（いずれも論創社）など。

殺人（さつじん）は自策（じさく）で
――論創海外ミステリ 279

2022年2月2日　初版第1刷印刷
2022年2月22日　初版第1刷発行

著　者　レックス・スタウト
訳　者　鬼頭玲子
装　丁　奥定泰之
発行人　森下紀夫
発行所　論 創 社

〒101-0051 東京都千代田区神田神保町2-23 北井ビル
TEL:03-3264-5254 FAX:03-3264-5232 振替口座 00160-1-155266
WEB:https://www.ronso.co.jp

組版　フレックスアート
印刷・製本　中央精版印刷

ISBN978-4-8460-2127-6
落丁・乱丁本はお取り替えいたします